U0017872

台灣南島語言 ⑫

噶瑪蘭語參考語法

張永利◎著

遠流

台灣南島語言⑫

噶瑪蘭語參考語法

作　　者／張永利

發 行 人／王榮文

出版發行／遠流出版事業股份有限公司

　　　　　臺北市南昌路二段81號6樓

　　　　　郵撥／0189456-1　電話／2392-6899

　　　　　傳眞／2392-6658

香港發行／遠流（香港）出版公司

　　　　　香港北角英皇道310號雲華大廈4樓505室

　　　　　電話／2508-9048　傳眞／2503-3258

　　　　　香港售價／港幣83元

法律顧問／王秀哲律師・董安丹律師

著作權顧問／蕭雄淋律師

2000年3月1日　初版一刷

2005年1月1日　初版二刷

行政院新聞局局版臺業字第1295號

新台幣售價250元　（缺頁或破損的書，請寄回更換）

版權所有・翻印必究　**Printed in Taiwan**

ISBN 957-32-3898-5

YL*ib* 遠流博識網

http://www.ylib.com　　　　　E-mail:ylib@ylib.com

《獻辭》

　　我們一同將這套叢書獻給台灣的原住民同胞，感謝他們帶給世人無比豐厚的感動。

　　我們也將這套叢書獻給李壬癸先生，感謝他帶領我們走進台灣原住民語言的天地，讓我們懂得怎樣去領受這份豐厚的感動。這套叢書同時也作為一份獻禮，恭祝李先生六十歲的華誕。

何大安　吳靜蘭　林英津　張永利　張秀絹
張郁慧　黃美金　楊秀芳　葉美利　齊莉莎

一同敬獻
中華民國 88 年 11 月 12 日

《台灣南島語言》序

她的美麗，大家都知道；所以人人稱她「福爾摩莎」。美麗的事物，應當珍惜；所以作者們合寫了這一部書。

聲音之中，母親的言語最美麗。這套叢書，正是爲維護台灣原住民的母語而寫的。解嚴以後，台灣語言生態的維護與重建，受到普遍的重視；母語教學的活動，也相繼熱烈的展開。教育部顧問室於是在民國 84 年，委託國立台灣師範大學英語系的黃美金教授規劃一部教材，以作爲與維護台灣原住民母語有關的教學活動的基礎參考資料。黃教授組織了一支高水準的工作隊伍，經過多年的努力，終於完成了這項開創性的工作。

台灣原住民的語言雖然很多，但是都屬於一個地理分布非常廣大的語言家族，我們稱爲「南島語族」。從比較語言學的觀點來說，台灣南島語甚至是整個南島語中最具存古特徵、也因此是最足珍貴的一些語言。然而儘管語言學家對台灣南島語的研究持續不斷，他們研究的多半是專門的問題，發表的成果也多半以外文爲之，同時研究的深度也各個語言不一；因此都不適合直接用於母語教學。這套叢書的編寫，等於是一個全新的開始：作者們親自調查語言、親自分析語言；也因此提出了一個全新的呈現：一致的體例、相同的深度。這在台灣原住民語言的研究和維護上，是一項創舉。

　　現在我把這部書的作者和他們各自撰寫的語言列在下面，並向他們致上敬意與謝意：

　　　　黃美金教授　泰雅語、卑南語、邵語

　　　　林英津教授　巴則海語

　　　　張郇慧教授　雅美語

　　　　齊莉莎教授　鄒語、魯凱語、布農語

　　　　張永利教授　噶瑪蘭語、賽德克語

　　　　葉美利教授　賽夏語

　　　　張秀絹教授　排灣語

　　　　吳靜蘭教授　阿美語

我同時也要感謝支持這項規劃案的教育部顧問室陳文村主任，以及協助出版的遠流出版公司。台灣原住民的語言，不止上面所列的那些；母語維護的工作，也不僅僅是出版一套叢書而已。不過，涓滴可以匯成大海。只要有心，只要不間斷的努力，她的美麗，終將亘古如新。

何大安　謹序

教育部諮議委員

中央研究院研究員

民國 88 年 11 月 12 日

語言、知識與原住民文化

研究語言的學者大都同意：南島語言是世界上分佈最廣的語族，而台灣原住民各族的族語則保留了南島語最古老的形式，它是台灣最寶貴的文化資產。

然而由於種種歷史因果的影響，十九世紀末，廣泛的平埔族各族語言，因長期漢化的緣故，逐漸喪失了活力；而花蓮、台東一帶，以及中央山脈兩側所謂的原住民九族地區，近百年來，則由於日本及國府國族中心主義之有效統治，在社會、經濟、文化、風俗習慣、生活方式乃至主體意識等各方面都發生了前所未有的結構性改變，原住民各族的語言生態，因而遭到嚴重的破壞。事隔一百年，台灣原住民各族似乎也面臨了重蹈平埔族覆轍之命運，喑啞而漸次失語。

語言的斷裂不只關涉到文化存續的問題，還侵蝕了原住民的主體世界。祖孫無法交談，家族的記憶和情感紐帶難以銜接；主體無能以族語說話，民族的認同失去了強而有力的憑藉。語言的失落，事實上也是一個民族的失落，他失去了他存有的安宅。除非清楚地認識這一點，我們無法真正地瞭解當代原住民精神世界苦難的本質。

　　四百年來，對台灣原住民語言的記錄和研究並不完全是空白的。荷蘭時代和歷代熱心傳教的基督教士，爲我們留下了斷斷續續的線索。他們創制了拼音文字，翻譯族語聖經，記錄了原住民的歌謠。日據時代，更有大量的人類學田野記錄，將原住民的神話傳說、文化風習保存了下來。然而後來關鍵的這五十年，由於特殊的政治和歷史環境，台灣的學術界從未將目光投注到這些片段的文獻上，不但沒有持續進行記錄的工作，甚至將前人的研究束諸高閣，連消化的興趣都沒有。李壬癸教授多年前形容自己在南島語言研究的旅途上，是孤單寂寞，是千山我獨行；這種心情，常讓我聯想到自己民族的黃昏處境，寂寥空漠、錐心不已。

　　所幸民國六十年代起，台灣本土化意識漸成主流，原住民議題浮上歷史抬面，有關原住民的學術研究也成爲一種新的風潮。我們是否可以因而樂觀地說：「原住民學已經確立了呢？」我認爲要回答這個提問，至少必須先解決三個問題：

　　第一，　前代文獻的校讎、研究與消化。過去零星的資料和日據時代田野工作的成果，基礎不一、良莠不齊，需要我們以新的方法、眼光和技術，進行校勘、批判和融會。

　　第二，　對種種意識型態的敏感度及其超越。民國六十年代以來，台灣原住民文化、歷史的研究頗爲蓬勃。原

住民知識體系的建構，隨著台灣的政治意識型態的發展，也形成了若干知識興趣。先是「政治正確」的知識，舉凡符合各自政治立場的原住民文化、歷史論述，即成為原住民知識。其次是「本土正確」的知識，以本土性作為知識建構的前提或合法性基礎的原住民知識。最後是「身份正確」的知識，越來越多的原住民作者以第一人稱的身份發言，並以此宣稱其知識的確實性。這三種知識所撐開的原住民知識系統，各有其票面價值，但對「原住民學」的建立是相當有害的。我們必須保持對這些知識陷阱的敏感度並加以超越。

第三， 原住民經典的彙集。過去原住民知識之所以無法累積，主要是因為原典沒有確立。典範不在，知識的建構便沒有源頭，既無法返本開新，也難以萬流歸宗。如何將原住民的祭典文學、神話傳說、禮儀制度以及部落歷史等等刪訂集結，實在關係著原住民知識傳統的建立。

不過，除了第二點有關意識型態的問題外，第一、三點都密切地關聯到語言的問題。文獻的校勘、注釋、翻譯和原住民經典的整理彙編，都歸結到各族語言的處理。這當中有拼音文字之確定問題，有各族語言音韻特徵或規律之掌握問題，更有詞彙結構、句法結構的解析問題；充分把握各族的語言，上述兩點的工作才可能有堅實的學術基礎。學術挺立，總總意識型態的糾纏便可以有客觀、公開的評斷。

　　基於這樣的理解，我認為《台灣南島語言》叢書的刊行，標誌著一個新的里程碑，它不但可以有效地協助保存原住民各族的語言，也可以促使整個南島語言的研究持續邁進，並讓原住民的文化或所謂原住民學提昇到嚴密的學術殿堂。以此為基礎，我相信我們還可以進一步編訂各族更詳盡的辭典，並發展出一套有用的族語教材，為原住民語言生態的復振，提供積極的條件。

　　沒有任何人有權力消滅或放棄一個語言，每一族母語都是祖先的恩賜。身為原住民的一份子，面對自己語言的殘破狀況，雖說棋局已殘，但依舊壯心不已。對所有本叢書的撰寫人，以及不計盈虧的出版家，恭敬行禮，感佩至深。

孫大川　謹序

行政院原住民委員會副主任委員

民國 89 年 2 月 3 日

目錄

圖 表 目 錄

語音符號對照表

下表爲本套叢書各書中所採用的語音符號，及其相對的國際音標、國語注音符號對照表：

	本叢書採用之符號	國際音標	相對國語注音符號	發 音 解 說	特別出處示例
元	i	i	ㄧ	高前元音	
	ʉ	ʉ	ㄜ	高央元音	鄒語
	u	u	ㄨ	高後元音	
	e	e	ㄝ	中前元音	
	oe	œ		中前元音	賽夏語
	e	ə	ㄜ	中央元音	噶瑪蘭語
音	o	o	ㄛ	中後元音	賽德克語
	ae	æ		低前元音	賽夏語
	a	a	ㄚ	低央元音	
輔	p	p	ㄅ	雙唇不送氣清塞音	
	t	t	ㄉ	舌尖不送氣清塞音	
	c	ts	ㄗ	舌尖不送氣清塞擦音	泰雅語
	T	ʈ		捲舌不送氣清塞音	卑南語
	t́	c		硬顎清塞音	叢書導論
	tj				排灣語
	k	k	ㄍ	舌根不送氣清塞音	
音	q	q		小舌不送氣清塞音	賽德克語
	'	ʔ		喉塞音	泰雅語
	b	b		雙唇濁塞音	賽德克語
	b	ɓ		雙唇濁前帶喉塞音	鄒語

	本叢書採用之符號	國際音標	相對國語注音符號	發 音 解 說	特別出處示例
輔	ɖ	d		舌尖濁塞音	賽德克語
		ɗ		舌尖濁前帶喉塞音	鄒語
	D	ɖ		捲舌濁塞音	卑南語
	ɗ́	ɟ		硬顎濁塞音	叢書導論
	dj				排灣語
	g	g		舌根濁塞音	賽德克語
	f	f	ㄈ	唇齒清擦音	鄒語
	th	θ		齒間清擦音	魯凱語
	s	s	ㄙ	舌尖清擦音	泰雅語
	S	ʃ		齦顎清擦音	邵語
	x	x	ㄏ	舌根清擦音	泰雅語
	h	χ		小舌清擦音	布農語
	h	ħ	ㄏ	喉清擦音	鄒語
	b	β		雙唇濁擦音	泰雅語
	v	v		唇齒濁擦音	排灣語
	z	ð		齒間濁擦音	魯凱語
		z		舌尖濁擦音	排灣語
	g	ɣ		舌根濁擦音	泰雅語
	R	ʁ		小舌濁擦音	噶瑪蘭語
	m	m	ㄇ	雙唇鼻音	泰雅語
	n	n	ㄋ	舌尖鼻音	泰雅語
音	ng	ŋ	ㄥ	舌根鼻音	泰雅語
	d				阿美語
	l	ɬ		舌尖清邊音	魯凱語
	L				邵語
	l	l	ㄌ	舌尖濁邊音	泰雅語
	L	ɭ		捲舌濁邊音	卑南語

	本叢書採用之符號	國際音標	相對國語注音符號	發 音 解 說	特別出處示例
輔音	ʎ	ʎ		硬顎邊音	叢書導論
	lj				排灣語
	r	r		舌尖顫音	阿美語
		ɾ		舌尖閃音	噶瑪蘭語
	w	w	ㄨ	雙唇滑音	阿美語
	y	j	ㄧ	硬顎滑音	阿美語

南島語與台灣南島語

何大安　楊秀芳

一、南島語的分布

　　台灣原住民的語言，屬於一個分布廣大的語言家族：「南島語族」。這個語族西自非洲東南的馬達加斯加，東到南美洲西方外海的復活島；北起台灣，南抵紐西蘭；橫跨了印度洋和太平洋。在這個範圍之內大部分島嶼—新幾內亞中部山地的巴布亞新幾內亞除外—的原住民的語言，都來自同一個南島語族。地圖 1（附於本章參考書目後）顯示了南島語族的地理分布。

　　南島語族中有多少語言，現在還很不容易回答。這是因為一方面語言和方言難以分別，一方面也還有一些地區的語言缺乏記錄。不過保守地說有 500 種以上的語言、使用的人約兩億，大概是學者們所能同意的。

　　南島語是世界上分布最廣的語族，佔有了地球大半的洋面地區。那麼南島語的原始居民又是如何、以及經過了

多少階段的遷徙，才成爲今天這樣的分布狀態呢？

　　根據考古學的推測，大約從公元前 4,000 年開始，南島民族以台灣爲起點，經由航海，向南遷徙。他們先到菲律賓群島。大約在公元前 3,000 年前後，從菲律賓遷到婆羅洲。遷徙的隊伍在公元前 2,500 年左右分成東西兩路。西路在公元前 2,000 年和公元前 1,000 年之間先後擴及於沙勞越、爪哇、蘇門答臘、馬來半島等地，大約在公元前後橫越了印度洋到達馬達加斯加。東路在公元前 2,000 年之後的一千多年當中，陸續在西里伯、新幾內亞、關島、美拉尼西亞等地蕃衍生息，然後在公元前 200 年進入密克羅尼西亞、公元 300 年到 400 年之間擴散到夏威夷群島和整個南太平洋，最終在公元 800 年時到達最南端的紐西蘭。從最北的台灣到最南的紐西蘭，這一趟移民之旅，走了 4,800 年。

　　台灣是否就是南島民族的起源地，這也是個還有爭論的問題。考古學的證據指出，公元前 4,000 年台灣和大陸東南沿海屬於同一個考古文化圈，而且這個考古文化和今天台灣的原住民文化一脈相承沒有斷層，顯示台灣原住民居住台灣的時間之早、之久，也暗示了南島民族源自大陸東南沿海的可能。台灣爲南島民族最早的擴散地，本章第三節會從語言學的觀點加以說明。但是由於大陸東南沿海並沒有南島語的遺跡可循，這個地區作爲南島民族起源地的說法，目前卻苦無有力的語言學證據。

　　何以能說這麼廣大地區的語言屬於同一個語言家族呢？確認語言的親屬關係，最重要的方法，就是找出有音韻和語義對應關係的同源詞。我們可以拿台灣原住民的排灣語、菲律賓的塔加洛語、和南太平洋斐濟共和國的斐濟語為例，來說明同源詞的比較方法。表 0.1 是這幾個語言部份同源詞的清單。

表 0.1 排灣語、塔加洛語、斐濟語同源詞表

	原始南島語	排 灣 語	塔加洛語	斐 濟 語	語 義
1	*dalan	ɗalan	daán	sala	路
2	*ɗamaɓ	ka-ɗama-ɗama-n	damag	ra-rama	火炬；光
3	*ɗanau	ɗanaw	danaw	nrano	湖
4	*jataɓ	ka-daɗa-n	latag	nrata	平的
5	*ɖusa	ɖusa	da-lawá	rua	二
6	*-inaɓ	k-ina	ina	t-ina	母親
7	*kan	k-əm-an	kain	kan-a	吃
8	*kagac	k-əm-ac	k-ag-at	kat-ia	咬
9	*kaśuy	kasiw	kahoy	kaðu	樹；柴
10	*vəlaq	vəlaq	bila	mbola	撕開
11	*qudaĺ	qudaĺ	ulán	uða	雨
12	*təbus	ɗəvus	tubo	ndovu	甘蔗
13	*ʈalis	calis	taali?	tali	線；繩索
14	*tuduq	ɗ-aĺ-uduq-an	túro?	vaka-tusa	指；手指

15	*unəm	unəm	ʔa-nʔom	ono	六
16	*walu	alu	walo	walu	八
17	*maca	maca	mata	mata	眼睛
18	*daga[][1]	ɗaq	dugoʔ	nraa	血
19	*baquɦ	vaqu-an	báago	vou	新的

　　表 0.1 中的 19 個詞，三種語言固然語義接近，音韻形式也在相似中帶有規則性。例如「原始南島語」的一個輔音*t ，三種語言在所有帶這個音的詞彙中「反映」都一樣是「t́：t：t」（如例 12 '甘蔗'、 14 '指；手指'）；「原始南島語」的一個輔音*c，三種語言在所有帶這個音的詞彙中反映都一樣是「c：t：t」（如 8 '咬'、17 '眼睛'）。這就構成了同源詞的規則的對應。如果語言之間有規則的對應相當的多，或者至少多到足以使人相信不是巧合，那麼就可以判定這些語言來自同一個語言家族。

　　絕大多數的南島民族都沒有創製代表自己語言的文字。印尼加里曼丹東部的古戴、和西爪哇的多羅摩曾出土公元 400 年左右的石碑，不過上面所鐫刻的卻是梵文。在蘇門答臘的巨港、邦加島、占卑附近出土的四塊立於公元 683 年至 686 年的碑銘，則使用南印度的跋羅婆字母。這些是僅見的早期南島民族的碑文。碑文顯示的語詞和現代馬來語、印尼語接近，但也有大量的梵文借詞，可見兩種

---

[1] 在本叢書導論中凡有 [] 標記者，乃指該字音位不明確。

文化接觸之早。現在南島民族普遍使用羅馬拼音文字，則是 16、17 世紀以後西方傳教士東來後所帶來的影響。沒有自己的文字，歷史便難以記錄。因此南島民族的早期歷史，只有靠考古學、人類學、語言學的方法，才能作部份的復原。表 0.1 中的「原始南島語」，就是出於語言學家的構擬。

二、南島語的語言學特徵

南島語有許多重要的語言學特徵，我們分音韻、構詞、句法三方面各舉一兩個顯著例子來說明。首先來看音韻。

觀察表 0.1 的那些同源詞，我們就可以發現：南島語是一個沒有聲調的多音節語言。當然，這句話不能說得太滿，例如新幾內亞的加本語就發展出了聲調。不過絕大多數的南島語大概都具有這項共同特點，而這是與我們所說的國語、閩南語、客語等漢語不一樣的。

許多南島語以輕重音區別一個詞當中不同的音節。這種輕重音的分布，或者是有規則的，例如排灣語的主要重音都出現在一個詞的倒數第二個音節，因而可以從拼寫法上省去；或者是不盡規則的，例如塔加洛語，拼寫上就必須加以註明。

詞當中的音節組成，如果以 C 代表輔音、V 代表元

音的話，大體都是 CV 或是 CVC。同一個音節中有成串輔音群的很少。台灣的鄒語是一個有成串輔音群的語言，不過該語言的輔音群卻可能是元音丟失後的結果。另外有一些南島語有「鼻音增生」的現象，並因此產生了帶鼻音的輔音群；這當然也是一種次生的輔音群。

大部分南島語言都只有 i、u、ə、a 四個元音和 ay、aw 等複元音。多於這四個元音的語言，所多出來的元音，多半也是演變的結果，或者是可預測的。除了一些台灣南島語之外，大部分南島語言的輔音，無論是數目上或是發音的部位或方法上，也都常見而簡單。有些台灣南島語有特殊的捲舌音、顎化音；而泰雅、排灣的小舌音 q，或是阿美語的咽壁音ʔ，更不容易在台灣以外的南島語中聽到。當輔音、元音相結合時，南島語和其他語言一樣，會有種種的變化。這些現象不勝枚舉，我們就不多加介紹。

其次來看構詞的特點。表 0.1 若干同源詞的拼寫方式告訴我們：南島語有像 ka-、ʔa-這樣的前綴、有-an、-a 這樣的後綴、以及有像-al-、-əm-這樣的中綴。前綴、後綴、中綴統稱「詞綴」。以詞綴來造新詞或是表現一個詞的曲折變化，稱作加綴法。加綴法，是許多語言普遍採行的構詞法。像國語加「兒」、「子」、閩南語加「a」表示小稱，或是客語加「兜」表示複數，也是一種後綴附加。不過南島語有下面所舉的多層次附加，卻不是國語、閩南語、客語所有的。

　　比方台灣的卡那卡那富語有 puacacaɨnɨkankiai 這個詞，意思是'（他）讓人走來走去'。這個詞的構成過程如下。首先，卡那卡那富語有一個語義爲'路'的「詞根」ca，附加了衍生動詞的成份 u 之後的 u-ca 就成了動詞'走路'。u-ca 經過一次重疊成爲 u-ca-ca，表示'一直走、不停的走、走來走去'；u-ca-ca 再加上表示'允許'的兩個詞綴 p-和a-，就成了一個動詞'讓人走來走去'的基本形式 p-u-a-ca-ca。這個基本形式稱爲動詞的「詞幹」。詞幹是動詞時態或情貌等曲折變化的基礎。p-u-a-ca-ca 加上後綴-ɨnɨ，表示動作的'非完成貌'，完成了動詞的曲折變化。非完成貌的曲折形式 p-u-a-ca-ca-ɨnɨ再加上表示帶有副詞性質的'直述'語氣的-kan 和表示人稱成份的'第三人稱動作者'的-kiai 之後，就成了 p-u-a-ca-ca-ɨnɨ-kan-kiai'（他）讓人走來走去'這個完整的詞。請注意，卡那卡那富語'路'的「詞根」ca 和表 0.1 的'路'同根，讀者可以自行比較。

　　在上面那個例子的衍生過程中，我們還看到了另一種構詞的方式，就是重疊法。南島語常常用重疊來表示體積的微小、數量的眾多、動作的反復或持續進行，甚至還可以重疊人名以表示死者。相較之下，漢語中常見的複合法在南島語中所佔的比重不大。值得一提的是太平洋地區的「大洋語」中，有一種及物動詞與直接賓語結合的「動賓」複合過程，頗爲普遍。例如斐濟語中 an-i a dalo 是'吃芋

頭'的意思，是一個動賓詞組，可以分析為[[an-i][a dalo]]；an-a dalo 也是‘吃芋頭'，但卻是一個動賓複合詞，必須分析為[an-a-dalo]。動賓詞組和動賓複合詞的結構不同。動賓詞組中動詞 an-i 的及物後綴-i 和賓語前的格位標記 a 都保持的很完整，體現一般動詞組的標準形式；而動賓複合詞卻直接以賓語替代了及物後綴，明顯的簡化了。

南島語句法上最重要的特徵是「焦點系統」的運作。焦點系統是南島語獨有的句法特徵，保存這項特徵最完整的，則屬台灣南島語。下面舉四個排灣語的句子來作說明。

1. q-əm-aɬup   a mamazaŋiljan ta vavuy i gadu

   [打獵-em-打獵 a 頭目   ta 山豬   i 山上]

   '「頭目」在山上獵山豬'

2. qaɬup-ən na   mamazaŋiljan a vavuy i gadu

   [打獵-en na   頭目   a 山豬   i 山上]

   '頭目在山上獵的是「山豬」'

3. qa-qaɬup-an   na   mamazaŋiljan ta vavuy a gadu

   [重疊-打獵-an   na   頭目   ta 山豬   a 山上]

   '頭目獵山豬的（地方）是「山上」'

4. si-qaɬup na   mamazaŋiljan ta   vavuy a vaɬuq

   [si-打獵 na   頭目   ta   山豬   a 長矛]

   '頭目獵山豬的（工具）是「長矛」'

這四個句子的意思都差不多，不過訊息的「焦點」不同。各句的焦點，依次分別是：「主事者」的頭目、「受事

者」的山豬、「處所」的山上、和「工具」的長矛；四個
句子因此也就依次稱為「主事焦點」句、「受事焦點」句、
「處所焦點」句、和「工具焦點（或稱指示焦點）」句。
讀者一定已經發現，當句子的焦點不同時，動詞「打獵」
的構詞形態也不同。歸納起來，動詞（表 0.2 用 V 表示
動詞的詞幹）的焦點變化就有表 0.2 那樣的規則：

表 0.2 排灣語動詞焦點變化

主 事 焦 點		V-əm-	
受 事 焦 點			V-ən
處 所 焦 點			V-an
工 具 焦 點	si-V		

除了表 0.2 的動詞曲折變化之外，句子當中作為焦
點的名詞之前，都帶有一個引領主語的格位標記 a，顯示
這個焦點名詞就是這一句的主語。主事焦點句的主語就是
主事者本身，其他三種焦點句的主語都不是主事者；這個
時候主事者之前一律由表示領屬的格位標記 na 引領。由
於有這樣的分別，因此四種焦點句也可以進一步分成「主
事焦點」和「非主事焦點」兩類。照這樣看起來，「焦點
系統」的運作不但需要動詞作曲折變化，而且還牽涉到焦
點名詞與動詞變化之間的呼應，過程相當複雜。

以上所舉排灣語的例子，可以視為「焦點系統」的代
表範例。許多南島語，尤其是台灣和菲律賓以外的南島語，
「焦點系統」都發生了或多或少的變化。有的甚至在類型

上都從四分的「焦點系統」轉變爲二分的「主動／被動系統」。這一點本章第三節還會說明。像台灣的魯凱語，就是一個沒有「焦點系統」的語言。

　　句法特徵上還可以注意的是「詞序」。漢語中「狗咬貓」、「貓咬狗」意思的不同，是由漢語的「詞序」固定爲「主語-動詞-賓語」所決定的。比較起來，南島語的詞序大多都是「動詞-主語-賓語」或「動詞-賓語-主語」，排灣語的四個句子可以作爲例證。由於動詞和主語之間有形態的呼應，不會弄錯，所以主語的位置或前或後，沒有什麼不同。但是動詞居前，則是大部分南島語的通例。

三、台灣南島語的地位

　　台灣南島語是無比珍貴的，許多早期的南島語的特徵，只有在台灣南島語當中才看得到。這裡就音韻、句法各舉一個例子。

　　首先請比較表 0.1 當中三種南島語的同源詞。我們會發現有兩點值得注意。第一，斐濟語每一個詞都以元音收尾。排灣語、塔加洛語所有的輔音尾，斐濟語都丟掉了。其實塔加洛語也因爲個別輔音的弱化，如*q＞ʔ、ø 或是*s＞ʔ、ø，也簡省或丟失了一些輔音尾。但是排灣語的輔音尾卻保持的很完整。第二，塔加洛語、斐濟語的輔音比排

灣語為少。許多原始南島語中不同的輔音，排灣語仍保留
區別，但是塔加洛語、斐濟語卻混而不分了。我們挑選「*c：
*t」、「*1：*n」兩組對比製成表 0.3 來觀察，就可以看到
塔加洛語和斐濟語把原始南島語的*c、*t 混合為 t，把*1、
*n 混合為 n。

表 0.3 原始南島語*c、*t 的反映

原始南島語	排灣語	塔加洛語	斐濟語	表 0.1 中的同源詞例
*c	c	t	t	8 '咬'、17 '眼睛'
*t	t́	t	t	12 '甘蔗'、 14 '指'
*1	1́	n	(n，字尾丟失)	11 '雨'
*n	n	n	n	3 '湖'、7 '吃'

我們認為，這兩點正可以說明台灣南島語要比台灣以
外的南島語來得古老。因為原來沒有輔音尾的音節怎麼可
能生出各種不同的輔音尾？原來沒有分別的 t 和 n 怎麼可
能分裂出 c 和 1？條件是什麼？假如我們找不出合理的條
件解釋生出和分裂的由簡入繁的道理，那麼就必須承認：
輔音尾、以及「*c：*t」、「*1：*n」的區別，是原始南島
語固有的，台灣以外的南島語將之合併、簡化了。

其次再從焦點系統的演化來看台灣南島語在句法上的
存古特性。太平洋的斐濟語有一個句法上的特點，就是及
物動詞要加後綴，並且還分「近指」、「遠指」。近指後綴
是-i，如果主事者是第三人稱單數則是-a。遠指後綴是-aki，
早期形式是*aken。何以及物動詞要加後綴，是一個有趣

的問題。

馬來語在形式上分別一個動詞的「主動」和「被動」。主動加前綴 meN-，被動加前綴 di-。meN-中大寫的 N，代表與詞幹第一個輔音位置相同的鼻音。同時不分主動、被動，如果所接的賓語具有「處所」的格位，動詞詞幹要加-i 後綴；如果所接的賓語具有「工具」的格位，動詞詞幹要加-kan 後綴。何以會有這些形式上的分別，也頗令人玩味。

菲律賓的薩馬力諾語沒有動詞詞幹上明顯的主動和被動的分別，但是如果賓語帶有「受事」、「處所」、「工具」的格位，在被動式中動詞就要分別接上-a、-i、和-ʔi 的後綴，在主動式中則不必。為什麼被動式要加後綴而主動式不必、又為什麼後綴的分別恰好是這三種格位，也都值得一再追問。

斐濟、馬來、薩馬力諾都沒有焦點系統的「動詞曲折」與「格位呼應」。但是如果把它們上述的表現方式和排灣語的焦點系統擺在一起—也就是表 0.4—來看，這些表現法的來龍去脈也就一目瞭然。

表 0.4 焦點系統的演化

焦點類型	排灣語					薩馬力諾語		馬來語		斐濟語
	動詞詞綴	格 位 標 記				主動	被動	主動	被動	主動
		主格	受格	處所格	工具格					
主事焦點	-əm-	a	ta	i	ta	-ø		meN-		-ø
受事焦點	-ən	na	a	i	ta	直接被動 -a			di-	
處所焦點	-an	na	ta	a	ta	處所被動 -i		及物 -i	及物 -i	及物近指 -i/-a
工具焦點	si-	na	ta	i	a	工具被動 -ʔi		及物 -kan	及物 -kan	及物遠指 -aki (<*aken)

孤立地看，薩馬力諾語為什麼要區別三種「被動」，很難理解。但是上文曾經指出：排灣語的四種焦點句原可分成「主事焦點」和「非主事焦點」兩類，「非主事焦點」包含「受事」、「處所」、「工具」三種焦點句。兩相比較，我們立刻發現：薩馬力諾語的三種「被動」，正好對應排灣語的三種「非主事焦點」；三種「被動」的後綴與排灣語格位標記的淵源關係也呼之欲出。馬來語一個動詞有不同的主動前綴和被動前綴，因此是比薩馬力諾語更能明顯表

現主動／被動的語法範疇的語言。很顯然，馬來語的及物後綴與薩馬力諾語被動句的後綴有相近的來源。斐濟語在「焦點」或「主動／被動」的形式上，無疑是大為簡化了；格位標記的功能也發生了轉變。但是疆界雖泯，遺跡猶存。斐濟語一定是在薩馬力諾語、馬來語的基礎上繼續演化的結果；她的及物動詞所以要加後綴、以及所加恰好不是其他的形式，實在其來有自。

表 0.4 反映的演化方向，一定是：「焦點」＞「主動／被動」＞「及物／不及物」。因為許多語法特徵只能因併繁而趨簡，卻無法反其道無中生有。這個道理，在上文談音韻現象時已經說明過了。因此「焦點系統」是南島語的早期特徵。台灣南島語之具有「焦點系統」，是一種語言學上的「存古」，顯示台灣南島語之古老。

由於台灣南島語保存了早期南島語的特徵，她在整個南島語中地位的重要，也就不言可喻。事實上幾乎所有的南島語學者都同意：台灣南島語在南島語的族譜排行上，位置最高，最接近始祖—也就是「原始南島語」。有爭議的只是：台灣的南島語言究竟整個是一個分支，還是應該分成幾個平行的分支。主張台灣的南島語言整個是一個分支的，可以稱為「台灣語假說」。這個假說認為，所有在台灣的南島語言都是來自一個相同的祖先：「原始台灣語」。原始台灣語與菲律賓、馬來、印尼等語言又來自同一個「原始西部語」。原始西部語，則是原始南島語的兩

大分支之一；在這以東的太平洋地區的語言，則是另一分支。這個假說，並沒有正確的表現出台灣南島語的存古特質，同時也過分簡單地認定台灣南島語只有一個來源。

替語言族譜排序，語言學家稱為「分群」。分群最重要的標準，是有沒有語言上的「創新」。一群有共同創新的語言，來自一個共同的祖先，形成一個家族中的分支；反之則否。我們在上文屢次提到台灣南島語的特質，乃是「存古」，而非創新。在另一方面，「台灣語假說」所提出的證據，如「*ś或*h 音換位」或一些同源詞，不是反被證明為台灣以外語言的創新，就是存有爭議。因此「台灣語假說」是否能夠成立，深受學者質疑。

現在我們逐漸了解到，台灣地區的原住民社會，並不是一次移民就形成的。台灣的南島語言也有不同的時間層次。但是由於共處一地的時間已經很長，彼此的接觸也不可避免的形成了一些共通的相似處。當然，這種因接觸而產生的共通點，性質上是和語言發生學上的共同創新完全不同的。

比較謹慎的看法認為：台灣地區的南島語，本來就屬不同的分支，各自都來自原始南島語；反而是台灣以外的南島語都有上文所舉的音韻或句法上各種「簡化」的創新，應該合成一支。台灣地區的南島語，最少應該分成「泰雅群」、「鄒群」、「排灣群」三支，而台灣以外的一大支則稱為「馬玻語支」。依據這種主張所畫出來的南島語的族譜，

就是圖 1。

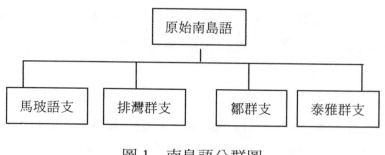

圖 1 南島語分群圖

　　與語族分支密切相關的一項課題，就是原始語言的復原。在台灣南島語的存古特質沒有被充分理解之前，原始南島語的復原，只能利用簡化後的語言的資料，其結果之缺乏解釋力可想而知。由於台灣南島語在保存早期特徵上的關鍵地位，利用台灣南島語建構出來的原始南島語的面貌，可信度就高的多。

　　我們認為：原始南島語是一個具有類似上文所介紹的「焦點系統」的語言，她有 i、u、ə、a 四個元音，和表 0.5 中的那些輔音。她的成詞形態，以及可復原的同源詞有表 0.6 中的那些。

表 0.5 原始南島語的輔音

		雙唇	舌尖	捲舌	舌面	舌根	小舌/喉
塞音	清	p	t	ṭ	t́	k	q
	濁	b	d	ḍ	d́		
塞擦音	清		c				
	濁		j				
擦音	清		s		ś	x	h
	濁		z		ź		ɦ
鼻音					ń	ŋ	
邊音			l		ĺ		
顫音			r				
滑音		w			y		

表 0.6 原始南島語同源詞

	語　義	原始南島語	原始泰雅群語	原始排灣語	原始鄒群語
1	above 上面	*babaw	*babaw	*vavaw	*-vavawu
2	alive 活的	*qujip		*pa-quzip	*-ʔ₂učípi
3*	ashes 灰	*qabu	*qabu-liq	*qavu	* (ʔ₂avuʔ₄u)
4**	back 背；背後	*likuj		*likuz	* (liku[cřč])
5	bamboo 竹子	*qaug		*qau	*ʔ₁áúru
6*	bark; skin 皮	*kulic		*kulic	*kulíci
7*	bite 咬	*kagac	*k-um-agac	*k-əm-ac	*k₁-um-áracə

8*	blood 血	*daga[]	*daga?	*ɖaq	*cará?₁ə
9*	bone 骨頭	*cuqəlaɬ		*cuqəlaɬ	*cu?úlaɬə
10	bow 弓	*butug	*buhug		*vusúru
11*	breast 乳房	*zuzuh	*nunuh	*tutu	*θuθu
12**	child 小孩	*aɬak		*aɬak	*-aɬákə
13	dark; dim 暗	*jəmjəm		*zəmzəm	*čəməčəmə
14	die; kill 死；殺	*macay		*macay	*macáyi
				*pa-pacay	*pacáyi
15**	dig 挖	*kalifi	*kari?	*k-əm-ali	*ʿkalifi
16	dove; pigeon 鴿子	*punay		*punay	*punáyi
17*	ear 耳朵	*caliŋafi	*caŋira?	*caljŋa	*calíŋafia
18*	eat 吃	*kan	*kan	*k-əm-an	*k₁-um-ánə
19	eel 河鰻	*tuɬa	*tuɬa-qig	*tuɬa	
20	eight 八	*walu		*alu	*wálu
				(不規則，應	
				為 valu)	
21	elbow 手肘	*śikufi	*hiku?	*siku	
22	excrement 糞	*ʈaqi	*quti?	*caqi	*tá?₃i
23*	eye 眼睛	*maca		*maca	*macá
24	face; forehead 臉；額頭	*ɖaqis	*ɖaqis	*ɖaqis	
25	fly 蒼蠅	*laŋaw	*raŋaw	*la-laŋaw	
26	farm; field 田	*qumafi		*quma	*?₂úmáfia

27**	father 父親	*amafi		*k-ama	*ámafia
28*	fire 火	*śapuy	*hapuy	*sapuy	*apúžu
29**	five 五	*lima	*rimaʔ	*lima	*líma
30**	flow; adrift 漂流	*qańud	*qaluic	*sə-qaluɗ	*-ʔ₂añúču
31**	four 四	*səpat	*səpat	*səpaɬ	*Sə́pátə
32	gall 膽	*qapəɗu		*qapədu	*paʔ₁azu
33*	give 給	*bəgay	*bəgay	*pa-vai	
34	heat 的	*jaŋjaŋ		*zaŋzaŋ	*čaŋəčaŋə
35*	horn 角	*təquŋ		*təquŋ	*suʔ₁úŋu
36	house 子	*gumaq		*umaq	*rumáʔ₁ə
37	how many 多少	*pidafi	*pigáʔ	*pida	*píafia
38*	I 我	*(a)ku	*-akuʔ	*ku-	*-ʿaku
39	lay mats 鋪蓆子	*sapag	*s-m-apag		*S-um-áparə
40	leak 漏	*tujiq	*tuduq	*ɬ-əm-uzuq	*tučúʔ₂₃₄
41**	left 左	*wiri[]	*ʔiril	*ka-viri	*wírífii
42*	liver 肝	*qacay		*qacay	*ʔ₁₄acayi
43*	(head)louse 頭蝨	*kucufi	*kucuʔ	*kucu	*kúcúfiu
44	moan; chirp 低吟	*jagiŋ		*z-əm-aiŋ	*-čaríŋi
45*	moon 月亮	*bulal	*bural		*vuláɬə
46	mortar 臼	*lutuŋ	*luhuŋ		*ɬusuŋu
47**	mother 母親	*-inafi		*k-ina	*inafia
48*	name 名字	*ŋaɗan		*ŋadan	*ŋázánə
49	needle 針	*dagum	*dagum	*ɗaum	

50*	new 新的	*baquɦ		*vaqu-an	*vaʔ₂órufiu
51	nine 九	*siwa		*siva	*θiwa
52*	one 一	*-ta		*ita	*cáni
53	pandanus 露兜樹	*paŋudań́	*paŋdan	*paŋudạl	
54	peck 啄；喙	*tuktuk	*[ʔg]-um-atuk	*t-əm-uktuk	*-tukútúku
55*	person 人	*caw		*cawcaw	*cáw
56	pestle 杵	*qasəluɦ	*qasəruʔ	*qasəlu	
57	point to 指	*tuduq	*tuduq	*t-al-uduq-an	
58*	rain 雨	*qudal		*qudal	*ʔ₂účałə
59	rat 田鼠	*labaw		*ku-lavaw	*laváwu
60	rattan 藤	*quay	*quway	*quway	*ʔ₃úáyi
61	raw 生的	*mataq	*mataq	*maⱦaq	*mátaʔ₁ə
62	rice 稻	*paɗay	*paǵay	*paday	*pázáyi
63	(husked) rice 米	*bugaⱦ	*buwax	*vat	* (vərasə)
64*	road 路	*dalan	*daran	*ɗalan	*čalánə
65	roast 烤	*cuⱡuɦ		*c-əm-ulu	*-cúⱡuɦu
66**	rope 繩子	*ⱦalis		*calis	*talíSi
67	seaward 面海的	*lafiuj		*i-lauz	*-láɦiúcu
68*	see 看	*kita	*kitaʔ		*-kíta
69	seek 尋找	*kigim		*k-əm-im	*k-um-írimi
70	seven 七	*pitu	*ma-pituʔ	*piⱦu	*pítu
71**	sew 縫	*ⱦaqiś	*c-um-aqis	*c-əm-aqis	*t-um-áʔ₃iθi

72	shoot; arrow 射；箭	*panaq		*panaq	*-páná?₂ə
73	six 六	*unəm		*unəm	*ənə́mə
74	sprout; grow 發芽；生長	*cəbuq		*c-əm-uvuq	*c-um-ə́vərə (不規則,應爲 c-um-ə́və?ə)
75	stomach 胃	*bicuka		*vicuka	*civúka
76*	stone 石頭	*batufi	*batu-nux (-?<-fi因接-nux 而省去)		*vátufiu
77	sugarcane 甘蔗	*təvus		*təvus	*tə́vəSə
78*	swim 游	*laŋuy	*l-um-aŋuy	*l-əm-aŋuy	*-laŋúžu
79	taboo 禁忌	*palisi		*palisi	*palíθl-ã (不規則，應爲 palíSi-ã)
80**	thin 薄的	*łiśipis	*hlipis		*łipisi
81*	this 這個	*(i)nifi	*ni		*inifii
82*	thou 你	*su	*?isu?	*su-	*Su
83	thread 線；穿線	*ciśug	*l-um-uhug	*c-əm-usu	*-cúuru
84**	three 三	*təlu	*təru?	*təlu	*túlu
85*	tree 樹	*kaśuy	*kahuy	*kasiw	*káiwu
86*	two 二	*dusa	*dusa?	*dusa	*řúSa
87	vein 筋；血管	*fiagac	*?ugac	*ruac	*fiurácə
88*	vomit 嘔吐	*mutaq	*mutaq	*mutaq	

89	wait 等	*taga[gɦ]	*t-um-aga?		*t-um-átara
90**	wash 洗	*sinaw		*s-əm-ənaw	*-Sináwu
91*	water 水	*jaɫum		*zaɫum	*čaɫúmu
92*	we (inclusive)咱們	*ita	*?ita?		* (-ita)
93	weave 編織	*tinun	*t-um-inun	*t-əm-ənun	
94	weep 哭泣	*taŋit	*laŋis, ŋilis	*c-əm-aŋit	*t-um-áŋisi
95	yawn 打呵欠	*-suab	*ma-suwab	*mə-suaw	

　　對於這裡所列的同源詞，我們願意再作兩點補充說明。第一，從內容上看，這些同源詞大體涵蓋了一個初民社會的各個方面，符合自然和常用的原則。各詞編號之後帶 '*' 號的，屬於語言學家界定的一百基本詞彙；帶 '**' 號的，屬兩百基本詞彙。帶 '*' 號的，有 32 個，帶 '**' 號的，有 15 個，總共是 47 個，佔了 95 同源詞的一半；可以說明這一點。進一步觀察這 95 個詞，我們可以看到「竹子、甘蔗、藤、露兜樹」等植物，「田鼠、河鰻、蒼蠅」等動物，有「稻、米、田、杵臼」等與稻作有關的文化，有「針、線、編織、鋪蓆子」等與紡織有關的器具與活動，有「弓、箭」可以禦敵行獵，有「一」到「九」的完整的數詞用以計數，並且有「面海」這樣的方位詞。但是另一方面，這裡沒有巨獸、喬木、舟船、颱風、地震、火山和魚類的名字。這些同源詞所反映出來的生態環境和文化特徵，在解答南島族起源地的問題上，無疑會提供相當大的助益。

第二，從數量上觀察，泰雅、排灣、鄒三群共有詞一共 34 個，超過三分之一，肯定了三群的緊密關係。在剩下的 61 個兩群共有詞之中，排灣群與鄒群共有詞為 39 個；而排灣群與泰雅群共有詞為 12 個，鄒群與泰雅群共有詞為 10 個。這說明了三者之中，排灣群與鄒群比較接近，而泰雅群的獨立發展歷史比較長。

四、台灣南島語的分群

在以往的文獻之中，我們常將台灣原住民中的泰雅、布農、鄒、沙阿魯阿、卡那卡那富、魯凱、排灣、卑南、阿美和蘭嶼的達悟（雅美）等族稱為「高山族」，噶瑪蘭、凱達格蘭、道卡斯、賽夏、邵、巴則海、貓霧楝、巴玻拉、洪雅、西拉雅等族稱為「平埔族」。雖然用了地理上的名詞，這種分類的依據，其實是「漢化」的深淺。漢化深的是平埔族，淺的是高山族。「高山」、「平埔」之分並沒有語言學上的意義。唯一可說的是，平埔族由於漢化深，她們的語言也消失的快。大部分的平埔族語言，現在已經沒有人會說了。台灣南島語言的分布，請參看地圖 2（附於本章參考書目後）。

不過本章所提的「台灣南島語」，也只是一個籠統的說法，而且地理學的含意大過語言學。那是因為到目前為

止，我們還找不出一種語言學的特徵是所有台灣地區的南島語共有的，尤其是創新的特徵。即使就存古而論，第三節所舉的音韻和句法的特徵，就不乏若干例外。常見的情形是：某些語言共有一些存古或創新，另一些則共有其他的存古或創新，而且彼此常常交錯；依據不同的創新，可以串成結果互異的語言群。這種現象顯示：（一）台灣南島語不屬於一個單一的語群；（二）台灣的南島語彼此接觸、影響的程度很深；（三）根據「分歧地即起源地」的理論，台灣可能就是南島語的「原鄉」所在。

要是拿台灣南島語和「馬玻語支」來比較，我們倒可以立刻辨認出兩條極重要的音韻創新。這兩條音韻創新，就是第三節提到的原始南島語「*c：*t」、「*l：*n」在馬玻語支中的分別合併為「t」和「n」。從馬玻語言的普遍反映推論，這種合併可以用「*c＞*t」和「*l＞*n」的規律形式來表示。

拿這兩條演變規律來衡量台灣南島語，我們發現確實也有一些語言，如布農、噶瑪蘭、阿美、西拉雅，發生過同樣的變化；而且這種變化還有很明顯的蘊涵關係：即凡合併*n與*l的語言，也必定合併*t與*c。這種蘊涵關係，幫助我們確定兩種規律在同一群語言（布農、噶瑪蘭）中產生影響的先後。我們因此可以區別兩種演變階段：

表 0.7 兩種音韻創新的演變階段

階段	規律	影 響 語 言
I	*c＞*t	布農、噶瑪蘭、阿美、西拉雅
II	*î＞*n	布農、噶瑪蘭

其中*c＞*t 之先於*î＞*n，理由至為明顯。因為不這樣解釋的話，阿美、西拉雅也將出現*î＞*n 的痕跡，而這是與事實不符的。

　　由於原始南島語「*c：*t」、「*î：*n」的分別的獨特性，它們的合併所引起的結構改變，可以作為分群創新的第一條標準。我們因此可將布農、噶瑪蘭、阿美、西拉雅為一群，她們都有過*c＞*t 的變化。在布農、噶瑪蘭、阿美、西拉雅這群之中，布農、噶瑪蘭又發生了*î＞*n 的創新，而又自成一個新群。台灣以外的南島語都經歷過這兩階段的變化，也應當源自這個新群。

　　原始南島語中三類舌尖濁塞音、濁塞擦音*d、*ḍ、*j（包括*z）的區別，在大部分的馬玻語支語言中，也都起了變化，因此也一定是值得回過頭來觀察台灣南島語的參考標準。台灣南島語對這些音的或分或合，差異很大。歸納起來，有五種類型：

表 0.8 原始南島語中舌尖濁塞音、濁塞擦音之五種演變類型

類型	規律	影響語言
I	*d ≠ *ḍ ≠ *j	排灣、魯凱(霧台方言、茂林方言)、道卡斯、貓霧棟、巴玻拉
II	*d = *ḍ = *j	鄒、卡那卡那富、魯凱(萬山方言)、噶瑪蘭、邵
III	*ḍ = *j	沙阿魯阿、布農(郡社方言)、阿美(磯崎方言)
IV	*d = *j	卑南
V	*d = *ḍ	泰雅、賽夏、巴則海、布農(卓社方言)、阿美(台東方言)

　　這一組變化持續的時間可能很長，理由是一些相同語言的不同方言有不同類型的演變。假如這些演變發生在這些語言的早期，其所造成的結構上的差異，必然已經產生許多連帶的影響，使方言早已分化成不同的語言。像布農的兩種方言、阿美的兩種方言，至今並不覺得彼此不可互通，可見影響僅及於結構之淺層。道卡斯、貓霧棟、巴玻拉、洪雅、西拉雅等語的情形亦然。這些平埔族的語料記錄於 1930、1940 年代。雖然各有變異，受訪者均以同一語名相舉認，等於承認彼此可以互通。就上述這些語言而論，這一組變化發生的年代必定相當晚。同時由於各方言所採規律類型不同，似乎也顯示這些變化並非衍自內部單一的來源，而是不同外來因素個別影響的結果。

　　類型 II 蘊涵了類型 III、IV、V，就規律史的角度而言，年代最晚。歷史語言學的經驗也告訴我們，最大程度

的類的合併，往往反映了最大程度的語言的接觸與融合。因此類型 III、IV、V 應當是這一組演變的最初三種原型，而類型 II 則是在三種原型流佈之後的新融合。三種原型孰先孰後，已不易考究。不過運用規律史的方法，三種舌尖濁塞音、塞擦音的演變，可分成三個階段：

表 0.9 舌尖濁塞音、濁塞擦音演變之三個階段

階段	規律	影響語言
I	*d≠*ɖ≠*j	排灣、魯凱(霧台方言、茂林方言)、道卡斯、貓霧棟、巴玻拉
II	3. *ɖ=*j	沙阿魯阿、布農(郡社方言)、阿美(磯崎方言)
	4. *d = *j	卑南
	5. *d = *ɖ	泰雅、賽夏、巴則海、布農(卓社方言)、阿美(台東方言)
III	2. *d = *ɖ= *j	鄒、卡那卡那富、魯凱(萬山方言)、噶瑪蘭、邵

不同的語言，甚至相同語言的不同方言，經歷的階段並不一樣。有的仍保留三分，處在第一階段；有的已推進到第三階段。第一階段只是存古，第三階段爲接觸的結果，都不足以論斷語言的親疏。能作爲分群的創新依據的，只有第二階段的三種規律。不過這三種規律的分群效力，卻並不適用於布農和阿美。因爲布農和阿美進入這一階段很晚，晚於各自成爲獨立語言之後。

運用相同的方法對台灣南島語的其他音韻演變作過

類似的分析之後，可以得出圖 2 這樣的分群結果：

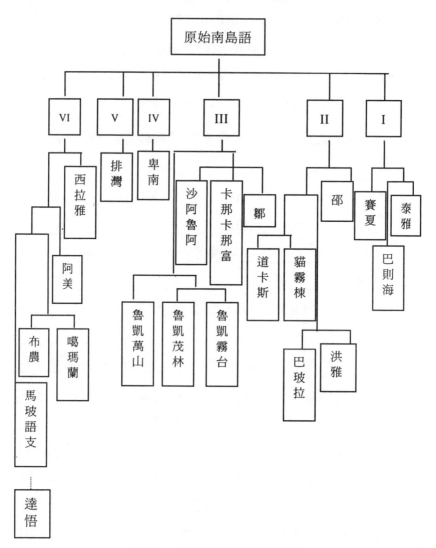

圖 2 台灣南島語分群圖

　　圖2比圖1的分群更爲具體，顯示學者們對台灣南島語的認識日漸深入。不過仍有許多問題尙未解決。首先是六群之間是否還有合併的可能，其次是定爲一群的次群之間的層序關係是否需要再作調整。因爲有這些問題還沒有解決，圖2仍然只是一個暫時性的主張，也因此我們不對六群命名，以爲將來的修正，預作保留。

五、小結

　　台灣原住民所說的，是來自一個分布廣大的語言家族中最爲古老的語言。這些語言，無論在語言的演化史上、或在語言的類型學上，都是無比的珍貴。但是這些語言的處境，卻和台灣許多珍貴的物種一樣，正在快速的消失之中。我們應該爲不知珍惜這些可寶貴的資產，而感到羞慚。如果了解到維持物種多樣性的重要，我們就同樣不能坐視語言生態的日漸凋敝。這一套叢書的作者們，在各自負責的專書裡，對台灣南島語的語言現象，作了充分而詳盡的描述。如果他們的努力和熱忱，能夠引起大家的重視和投入，那麼作爲台灣語言生態重建的一小步，終將積跬致遠，芳華載途。請讓我們一同期待。

叢書導論之參考書目

何大安

1999　《南島語概論》。待刊稿。

李壬癸

1997a　《台灣南島民族的族群與遷徙》。台北：常民
　　　　文化公司。

1997b　《台灣平埔族的歷史與互動》。台北：常民文
　　　　化公司。

Blust, Robert (白樂思)

1977　The Proto-Austronesian pronouns and
　　　Austronesian subgrouping: a preliminary report.
　　　Working Papers in Linguistics 9.2: 1-15.
　　　Honolulu: University of Hawaii.

Li, Paul Jen-kuei (李壬癸)

1981　Reconstruction of Proto-Atayalic phonology.
　　　Bulletin of the Institute of History and Philology
　　　52.2: 235-301.

1995　Formosan vs. non-Formosan features in some
　　　Austronesian languages in Taiwan. In Paul Jen-
　　　kuei Li, Cheng-hwa Tsang, Ying-kuei Huang,
　　　Dah-an Ho, and Chiu-yu Tseng (eds.)
　　　Austronesian Studies Relating to Taiwan, pp.

651-682. Symposium Series of the Institute of History and Philology Academia Sinica No. 3. Taipei: Academia Sinica.

Mei, Kuang (梅廣)

1982 Pronouns and verb inflection in Kanakanavu. *Tsing Hua Journal of Chinese Studies, New Series*, 14: 207-252.

Tsuchida, Shigeru (土田滋)

1976 Reconstruction of Proto-Tsouic Phonology. *Study of Languages & Cultures of Asia & Africa Monograph Series* No. 5. Tokyo: Gaikokugo Daigaku.

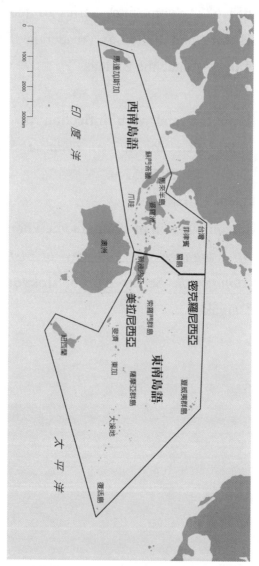

地圖 1　南島語族的地理分布

來源：*The New Encyclopaedia Britannica*（1992）第22冊755頁（重繪）

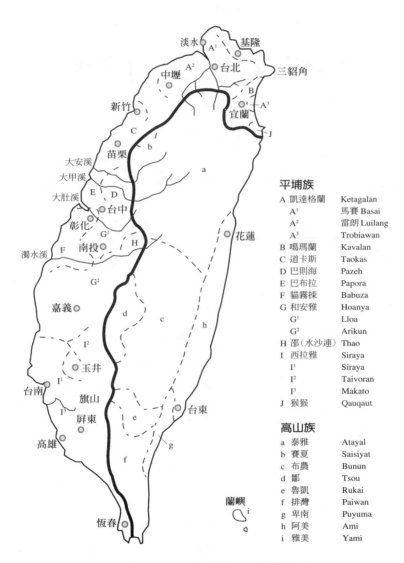

平埔族

A	凱達格蘭	Ketagalan
A¹		馬賽 Basai
A²		雷朗 Luilang
A³		Trobiawan
B	噶瑪蘭	Kavalan
C	道卡斯	Taokas
D	巴則海	Pazeh
E	巴布拉	Papora
F	貓霧揀	Babuza
G	和安雅	Hoanya
G¹		Lloa
G²		Arikun
H	邵（水沙連）	Thao
I	西拉雅	Siraya
I¹		Siraya
I²		Taivoran
I³		Makato
J	猴猴	Qauqaut

高山族

a	泰雅	Atayal
b	賽夏	Saisiyat
c	布農	Bunun
d	鄒	Tsou
e	魯凱	Rukai
f	排灣	Paiwan
g	卑南	Puyuma
h	阿美	Ami
i	雅美	Yami

地圖 2　台灣南島語言的分布

來源：李壬癸（1996）

附件

南島語言中英文對照表

【中文】	【英文】
大洋語	Oceanic languages
巴則海語	Pazeh
巴玻拉語	Papora
加本語	Jabem
卡那卡那富語	Kanakanavu
古戴	Kuthi 或 Kutai
布農語	Bunun
多羅摩	Taruma
西拉雅語	Siraya
沙阿魯阿語	Saaroa
卑南語	Puyuma
邵語	Thao
阿美語	Amis
南島語族	Austronesian language family
洪雅語	Hoanya

【中文】	【英文】
原始台灣語	Proto-Formosan
原始西部語	Proto-Hesperonesian
原始泰雅群語	Proto-Atayal
原始排灣語	Proto-Paiwan
原始鄒群語	Proto-Tsou
泰雅群支	Atayalic subgroup
泰雅語	Atayal
馬來語	Malay
馬玻語支	Malayo-Polynesian subgroup
排灣群支	Paiwanic subgroup
排灣語	Paiwan
凱達格蘭語	Ketagalan
斐濟語	Fiji
猴猴語	Qauqaut
跋羅婆	Pallawa
塔加洛語	Tagalog
道卡斯語	Taokas
達悟(雅美)語	Yami
鄒群支	Tsouic subgroup
鄒語	Tsou
魯凱語	Rukai

【中文】　　　　　　　　【英文】

噶瑪蘭語　　　　　Kavalan

貓霧楝語　　　　　Babuza

賽夏語　　　　　　Saisiyat

薩馬力諾語　　　　Samareno

第 *1* 章

導 論

一、噶瑪蘭語的分布與現況

　　噶瑪蘭語(Kavalan)是平埔族的語言，早年通行於宜蘭平原，後來漢人進入宜蘭平原墾殖，以加禮苑社(kariawan)爲主的噶瑪蘭人因而被迫大舉南遷，最後落腳於花東沿海一帶。由於全面漢化的緣故，噶瑪蘭語迅速流失，四十歲以下的年輕人大多已經不會講噶瑪蘭語，目前（1999 年）仍以噶瑪蘭語爲日常生活語言的，大概僅剩下定居於花蓮縣豐濱鄉新社村和台東縣長濱鄉樟原村的噶瑪蘭人，人數不超過百人。新社村和樟原村的噶瑪蘭語大體上都相同，只有語音上有些微差異（詳見第一節語音系統）。本文的研究涵蓋新社村和樟原村，但爲了統一起見，我們選擇人數較多的新社音爲本文的記音。在調查研究期間，噶瑪蘭族的朋友熱情招待和協

助，我們由衷感激。在此，我們要感謝以下噶瑪蘭朋友
熱心擔任我們的發音人：（人名依年齡長幼順序排列）

漢名	出生年	族名	籍貫
李金梅	民國十年生	aun	新社人
潘都耀	民國十二年生	tuyaw	樟原人
潘阿春	民國十七年生	abuq	樟原人
陳武帶	民國十九年生	utay	樟原人
陳阿春	民國二十一年生	abas	樟原人
潘天利	民國二十二年生	abas	新社人
陳鄭妹	民國二十八年生	Rungay	樟原人
雛大方	民國二十七年生	inam	樟原人
潘烏吉	民國三十年生	ukis	樟原人
潘籠爻	民國三十二年生	angaw	樟原人
潘嫦娥	民國三十七年生	upa	樟原人
潘敏惠	民國四十四年生	abas	新社人
謝宗修	民國四十七年生	buya	新社人

沒有這些噶瑪蘭朋友的協助，這本書就沒有辦法出版。
也因為他們的直接口述，本書所呈現的都是第一手的資
料。我們希望這本書的出版對噶瑪蘭語的保存和發揚能
有所貢獻。

二、本書內容概述

本書針對噶瑪蘭語的語法系統，包括音韻、構詞、句法等做全面性的簡要描述，主要的目的是希望能提供給原住民朋友以及對原住民語言有興趣的同好一個認識噶瑪蘭語的管道。由於涉及的範圍相當廣，鎖定的讀者也可能沒有受過任何語言學的訓練，因此本書並沒有對特定議題有所深論。為了達到推廣的目的，本書盡量避免使用專有名詞；如果非不得已必須使用，也都會儘量說明白講清楚。讀者如果還有不清處的地方，可以參照書後的專有名詞解釋。本書除了少部份是引用前人的研究外，大部份的語言材料都是筆者親自調查記錄的，因此原創性應該是相當高的。

本書的組織架構如下：書的最前頭由何大安教授的「叢書導論」引導，接著是第 1 章簡略的噶瑪蘭語分布與現況。第 2 章探討噶瑪蘭語的音韻結構，包括引介其他南島語少有的小舌濁擦音、具有辨義作用的輕央元音以及音節重整等現象。第 3 章呈現噶瑪蘭語的構詞結構：和大多數的台灣南島語一樣，噶瑪蘭語傾向用加綴的方式來構詞，噶瑪蘭語應該沒有複合詞。第 4 章介紹噶瑪蘭語的語法結構：噶瑪蘭語雖然可以有動詞-賓語-主語（即 VOS）的詞序，但是其基本詞序為動詞-主語-賓語（即 VSO）；噶瑪蘭語的名詞除了有清楚的格位標記

外，還有依名詞類別而變化的類別標記；噶瑪蘭語的代名詞系統也相當發達，除了有自由代名詞外，還有豐富的附著代名詞；和其他台灣的南島語相比，噶瑪蘭語的焦點系統相當特別：噶瑪蘭語的受事焦點和處所焦點並沒有區分，都是用後綴 an 標示；同時，噶瑪蘭語的工具和受惠焦點用前綴 te 標示，也是獨樹一格。噶瑪蘭語的時式和動貌系統有相當豐富的標記，其中包括表示未來式的前綴 pa、表示起始貌的前綴 Ru 和表示經驗貌的前綴 u。和許多台灣南島語一樣，噶瑪蘭語的存在句和領屬句、處所句使用相同的詞彙，即 yau；同時，yau 也可以用來表示進行貌；祈使句則依焦點不同而有不同的詞彙標記。噶瑪蘭語的否定句也相當有趣，其中表達意願的否定詞 taqa 可以有焦點變化相當引人注目。噶瑪蘭語的疑問句也相當可觀：是非問句的疑問助詞 ni 正是許多疑問詞的詞根；表達不同處所和方位的疑問詞有相當細膩的區別；表數量的疑問詞可以有屬人(human)和不屬人(non-human)兩種形式等。噶瑪蘭語的複雜句相當龐雜，特別是從屬連接結構(subordination)。第 5 章是傳說故事歌謠集，記錄了噶瑪蘭耆老口述的傳說以及流傳於噶瑪蘭社會的歌謠。第 6 章是基本詞彙表，作為讀者學習或研究的查詢和比較之用。接著是噶瑪蘭語的參考書目以及由葉美利教授提供的專有名詞解釋。本書最後以索引結尾。

　　筆者接觸噶瑪蘭語是從修習李壬癸教授的田野調查開始的，在此筆者要向李教授致上最高的敬意和謝意。同時，筆者也要感謝叢書總編輯黃美金教授爲叢書的催生所做的努力和貢獻。叢書其他作者在本書撰寫過程也提供了相當多的協助和意見，在此一併致謝。

第 *2* 章
噶瑪蘭語的音韻結構

一、語音系統

噶瑪蘭語的輔音有十六個，元音有四個，複元音四個，如下表所示：[2]

輔音表

表 2.1 噶瑪蘭語的輔音系統

		雙唇	舌尖	舌面	舌根	小舌	喉音
塞音	清	p	t		k	q	ʔ (')
鼻音		m	n		ŋ (ng)		
擦音	清		s				
	濁	β (b)	z			ʁ (R)	
	清		ɬ (l)				
拍音	濁		ɾ (r)				
滑音		w		y			

---

2 本文的標音符號係參考李壬癸編著的《台灣南島語的語音符號系統》，表一和表二括號內的符號為替代符號。

元音表

表 2.2 噶瑪蘭語的元音系統

	前	央	後
高	i		u
中		ə (e)	
低		a	

複元音表

表 2.3 噶瑪蘭語的複元音系統

aw	ay	iw	uy

發音及語音符號說明

1. 清塞音 /p, t, k, q, '/ 都不送氣，在字尾也不解阻。

2. /'/ 代表喉塞音，國際音標記為/ʔ/，具有辨義作用，例如：bawa (背，動詞) 對比於 bawa' (船)

3. /b/代表帶音雙唇濁擦音，國際音標記為/β/，在字尾常被讀為雙唇清擦音[f]，例如 siRab（昨天）有些發音人常讀為[siRaf]。不過，因為讀[siRab]或[siRaf]沒有意義上的差別，所以在標音時統一標為 siRab。³

---

3 我們選siRab而不選siRaf為記音的標準，原因有二：第一，[f]的音出現的語境較窄，只出現在字尾，不像[b]可以出現在字首、字中和字尾。就這一點而言，[b]音顯然比/f/音更具代表性；第二，[siRab]讀濁音是保存古南島語的原音、讀清音[siRaf]則是近年來的新發展，而從[b]到[f]的濁音清化(devoicing)是世界上語言相當常見的現象，因此選siRab為標準將有助於反映這一個自然的語音演變趨勢。

4. /R/代表小舌濁擦音，國際音標記爲/ʁ/，在字尾常被讀爲
   小舌清擦音[χ]，例如 qawpiR（地瓜）有些發音人常讀爲
   [qawpiχ]。不過，因爲讀[qawpiR]或[qawpiχ]沒有意義上
   的差別，所以在標音時統一標爲 qawpiR。

5. /ɬ/代表舌尖邊擦音，國際音標記爲/ɬ/，發音時有明顯的摩
   擦聲，氣流從舌尖兩邊竄出。

6. /r/代表舌尖拍音，國際音標記爲/ɾ/，有些發音人讀爲舌尖
   顫音[r]。/r/和/ɬ/發音部位相同，快讀時容易混淆，不過底
   下提供一組最小語音差異對偶詞(minimal pair)，可以清楚
   區辨/r/和/ɬ/爲兩個不同的音位：ramu（月經）對比於
   lamu（村莊）。

7. 有些詞新社讀[z]音，但樟原讀[r]音，例如：

語意	新社	樟原
這個	zau	rau
下雨	muzan	muran
煮（菜）	Ramaz	Ramar

因爲本文標音以新社村爲準，所以在文中凡遇到 r-z 對應
詞，標音一律標 z。不過由於 r-z 對應無法預測，所以該
詞會另外加註說明樟原村的讀音。

9. /q, R/和前高元音/i/之間有過渡音[ə]，例如 multiq（跳）

實際讀爲[multiəq]，ngibiR（嘴巴）實際讀爲[ngibiəR]。[4]

10.前高元音/i/如果出現在/q, R/之後，則/i/會自動被降爲中元音[e]，baqi（爺爺或孫子）實際讀爲[baqe]，mezaqis（跳）實際讀爲[mezaqes]，而 naRin（別）實際讀爲[naRen]，qemoRiRis（腳軟）實際讀爲[qemoReRes]。

11./e/代表輕央元音，國際音標記爲/ə/，具有辨義作用，例如：

esi　　　（肉）　　對比於　isi　　（糯米酒）

zena （水田）　　對比於　zina （他說）

zaqes （樟樹）　　對比於　zaqis （爬）

penay（蜜蜂）　　對比於　panay（旱稻）

12./u/有些發音人常會讀爲[o]，例如把 qulus（衣服）讀爲[qolos]。不過，因爲讀[qulus]或[qolos]沒有意義上的差別，所以在標音時統一標爲 qulus。

13.字重音固定落在最後一個音節，例如：

qeman　（吃，主事者焦點）　　讀爲 [qeman]

qanan　（吃，受事者焦點）　　讀爲 [qanan][5]

以下分別依各音素在字首、字中和字尾的分布舉例說明：

---

4 在本文中，方括號[]內的爲實際的讀音，語言學上稱爲phonetic transcription，而雙斜線//內的爲系統標音符號，語言學上稱爲phonemic transcription。

5 有關動詞焦點的變化，請參閱第三章第四節焦點系統的討論。

表 2.4 噶瑪蘭語的音素分布

輔音	字首	意義	字中	意義	字尾	意義
p	pukun	棍子	repaw	屋	qaynep	睡
t	tama	父親	kitut	少	baut	魚
k	kaput	伙伴	takan	桌子	tizik	蟋蟀
q	qaqa	哥哥	taqan	柱子	merizaq	喜歡
'	'nay	那個	mai	沒有	bawa'	船
s	sunis	小孩	sisu	乳房	busus	閩南人
z	zena	水田	sezang	太陽		
b	babuy	豬	rubung	皮膚	siRab	昨天
R	Runanay	男生	uRu	頭	supaR	知道
m	mautu	來	sa'may	煮飯	zanum	水
n	nengi	好	penay	蜜蜂	zapan	腳
ng	ngibiR	嘴巴	nengi	好	rasung	井
l	lamu	村莊	elan	天	qemal	挖
r	ramu	月經	rarikil	海饗	kayar	耳朵
w	wanay	謝謝	bawa	背	matiw	去
y	yau	在	kaya	也	utay	人名
i	ipay	人名	sipaR	單獨	bari	風
u	uRu	頭	supaR	知道	ibu	灰燼
e	esi	肉	'nem	六		
a	ara	拿	panay	旱稻	na	他的
aw	awRi	喚來	sikawma	說	bungRaw	牙齒
ay	ayzipna	他	taita	看	meriway	借
iw	--		--		kerisiw	錢
uy	--		--		meranguy	游泳

二、音節結構

噶瑪蘭語的音節結構爲 V、CV、VCV、 VCVC、
CVCVC 、 CVCCVC 、 CVCVCVC 、 CVCVCVCVC 和
CVCVCCVCVCV，例如：（其中 C 代表輔音，V 代表元
音）

表 2.5 噶瑪蘭語的音節結構

音節結構	例字	語意
V	a	主格標誌
CV	ti	動貌標誌
VCV	ara	拿
VCVC	azas	帶
CVCVC	pukun	棍子
CVCCVC	ingsung	臼
CVCVCVC	napawan	丈夫
CVCVCVCVC	qenananam	朋友
CVCVCCVCVCV	qerawkawai	工作

其中實詞如動詞、名詞等大都是雙音節或是雙音節以上，單
音節的通常是表格位標記、時制、動貌、人稱代詞等的虛
詞。

三、音韻規則

音節重整

　　噶瑪蘭語的音節重整(resyllabification)相當普遍。所謂音節重整就是，原分屬不同音節的語法成份經過合併後，重整為同一個語音單位。[6] 噶瑪蘭語音節重整的原則是由左至右，以兩個音節為單元，例如：

1. pukun-an-ku=ti　　a　　　sunis[7]

　　[打-PF-我=動貌　主格　小孩][8]

　　'我打了小孩。'

　　音節重整為：[puku nanku tia sunis]

pukun 是主要動詞，焦點後綴 an、附著代詞 ku 和動貌標誌 ti 都是動詞上的附加成分，在句法上本來是和主格標記 a 分開的，但是經音節重整後，puku 先形成一個語音單元，

---

6 法文的連音現象(liaison)就是一種典型的音節重整，例如：

　　(i) mon　amis

　　　 我的　朋友

　　在(i)裡，輔音 n 原屬於所有格代名詞 mon，而元音 a 原屬於名詞 amis，但是經過連音之後，n 和 a 則重整為同一個音節，所以(i)的實際讀音為[mo-na-mi]。

7 在本文中，一短橫'-'代表詞綴(affix)，而等號'='代表寄生詞(clitic)。有關噶瑪蘭語詞綴和寄生詞的區別，有興趣的讀者請參閱Chang (1997)第五章第一節。

8 本文所使用的簡寫與其所代表的意義如下：

　　AF: Actor focus （主事焦點）　　　PF: Patient focus （受事焦點）

pukun 的最後一個輔音 n 和 an、ku 形成第二個語音單元，而 ti 又和 a 形成另一個語音單元，所以例句 1 實際讀為 [puku nanku tia sunis]。

　　音節重整的另一個原則是，字首輔音優先(onset-first principle)。換句話說，重整過的語音單元通常會以輔音起首。如果一個語音單元的起首音不是輔音，那麼該語音單元不是向上一個語音單元"借用"輔音，（如例句 1，pukun 的字尾輔音 n 和 an、ku 形成一個語音單元），就是重複上一個語音單元的字尾輔音，例如：

2. razat a　yau
　　[人　　那]
　　音節重整為：[razat ta yau]

如果上一個語音單元也是以元音結尾，那麼該結尾元音通常會被下一個語音單元"變性"為起首輔音，例如：

3.　wasu　　a　　　yau
　　[狗　　主格　那]
　　音節重整為：[wasu wa yau]

在例句 3 裡，音節重整的結果是把 wasu 的最後元音 u 複製，然後轉化成為主格標記 a 的起首輔音 w。

　　另外，音節重整時也會發生音節縮減、形成複元音的現象，例如：

4. quni=pa=isu

　　1　2　3　　4 5

　　[去哪裡=未來式=你]

　　音節重整爲：[quni **pay**su]

　　　　　　　　 1 2　　3　4

例句 4 本來有五個音節，但是連讀時，isu 的 i 會變成半元音 y，和前面的元音形成複元音 ay，因此音節總數就縮減爲四個。類似的例子還有：

4. ti　　　　utay

　　1　　　　2 3

　　[類別詞 人名]

　　音節重整爲：[**tiw**tay]

　　　　　　　　 1　2

同音刪略

　　同樣的兩個音緊鄰時，刪略其中有一個，例如：

5. ss > s，例如： sunis-su   >   [sunisu]

                   [小孩-你的]

6. nn > n，例如： pukun-an-na > [pukunana]

                   [打-PF-他的]

7. aa > a，例如： bura-an >   [buran]

                   [給-PF]

8. ii > i，例如： q-em-an=ti=iku >[qeman tiku]

                   [吃-AF=動貌=我]

相異輔音刪略

    相異的兩個輔音緊鄰時，刪略第一個輔音，例如：

9. nt > n，例如： kin-tani   sunis-su > [kinani sunisu]

                   [類別詞-多少   小孩-你的]

10. nk > k，例如：

   (1) pukun-a<u>n-k</u>u=pa   sunis   >   [puku naka sunis][9]

     [打-PF-我=未來式   孩子]

   (2) quni-a<u>n-k</u>u=pa   m-atiw > [quni aka matiw]

     [怎麼樣-PF-我=未來式   AF-去]

---

[9] 第一人稱 ku 和未來式 pa 連用時（即 ku=pa），第一音節的元音 u 和第二音節
   的輔音 p 會被刪略，原有的兩個音節會縮爲一個音節，形成 ka。

同部位輔音相斥

發音部位相同的兩個輔音會互相排斥,促使第一個輔音轉變爲非同部位的輔音,例如:

11. sum=pa   > [sun pa]
    [尿=未來式]

在例句 11 裡,動詞 sum 的最後一個輔音 m 和緊鄰的未來式標誌 pa 的第一個輔音 p 發音部位相同,都是雙唇音(bilabial),產生"同性互斥"的效應,m 雙唇音被迫轉變爲齒齦音(alveolar) n,sumpa 因而實際讀爲[sunpa]。

（五）非重音節字首輔音刪略

12. C > φ / __ CVCVC
    例如:qmaynep [maynep]
          [睡]

如上所述,噶瑪蘭語的重音固定落在最後一個音節,而 qmaynep 中的第一個輔音 q 因爲不在重音節內,常被刪略,結果 qmaynep 就讀爲[maynep]。

第 3 章

噶瑪蘭語的構詞結構

　　和其他的台灣南島語言一樣，噶瑪蘭語構詞的方式主要有兩種，一種是用加綴(affixation)的方式，另一種是用重疊(reduplication)的方式。

　　噶瑪蘭語的加綴以前綴最多，後綴次之，中綴最少。中綴詞通常是表示焦點、動貌的屈折詞綴，因此留到句法部份再討論。本節僅討論前綴及中綴詞。

一、加綴詞

前綴

1. qa-: 乘坐

例如：

qa-bawa'　　　　　　　　　　坐船

例句：

qabawa'　merusit　sa　razing　ya　　　tama-ku
[坐船　　出去　　到　海　　主格　爸爸-我的]

'我的爸爸坐船出海去了。'

2. qi-: 採集
例如：

qi-wanu	採蜜
qi-batu	撿石頭

例句：

qatiw=pa=iku   sa   razing   qibatu
[去=未來式=我   到   海   撿石頭]
'我要去 海邊撿石頭。'

3. Ri-: 捉
例如：

Ri-baut	捉魚

例句：

qatiw=pa=iku=ti   Ribaut
[去=未來式=我=動貌   捉魚]
'我要去捉魚了。'

4. sa-: 做、吃、爬、生長、發生、變成
例如：

sa-'may	做飯
sa-tutu	吃中飯

sa-naung   爬山

sa-esi   長果子

sa-bari   起風

sa-uban   變白

例句：

sa'may　ti-abas

[煮飯　類別詞-人名]

'abas 在做飯。'

值得注意的是，sa-bakung（去豐濱）並不屬於這一類，因為 sabakung 的前綴 sa 是'到'的意思。

5. si-: 穿戴、請、嫁娶

例如：

si-qulus   穿衣

si-razat   請客

si-napawan/pakwayan   嫁娶

例句：

sipakwayan=ti=isu　ni

[娶=動貌=你　　疑問助詞]

'你娶老婆了嗎？'

6. sim-: 互相

例如：

sim-panmu	互相幫忙
sim-tayta	互相看

例句：

simpanmu=pa=ita[10]

[互相幫忙=未來式=咱們]

'咱們要互相幫忙。'

後綴

1. -an：表動作的處所或受事者。

例如：

uzis-an	浴室
sa'may-an	廚房
qan-an	食物

例句：

yau　uzisan　muzis

[在　浴室　洗澡]

'他在浴室洗澡。'[11]

---

10 如上所述，兩個雙唇音緊鄰時，第一個雙唇音會被迫轉變爲齒齦音，因此
simpanmu實際讀爲[sinpanmu]。

11 在噶瑪蘭語裡，如果主語沒有出現，則該主語通常被自動詮釋爲第三人稱單
數，這也就是爲什麼這個例句的意思是 '他在浴室洗澡'。

二、重疊詞

噶瑪蘭語的重疊詞構詞的方式有以下幾種：

1. 重疊第一個音節(CV(C)-)

例如：

may-maynep	一直睡
mu-muRing	一直哭
qa-qaqa	最大的哥哥

例句：

maymaynep　ya　　　sunis　'nay

[一直睡　　　主格　小孩　那]

'那個小孩一直睡。'

2. 重疊第二個音節(-CV(C)-)

例如：

si-kaw-kawma	一直講
Ri-ba-baut	一直捉魚
m-tataRaw	常常生病

例句：

sikawkawma　tama-ku

[一直講　　　父親-我的]

'我的父親一直講個不停。'

3. 重疊前兩個音節(CVCV-)

例如：

nia-niana 任何東西

puku-pukun 一直打

例句：

nianiana   qan=pa=iku

[任何東西　吃=未來式=我]

'我什麼都吃。'

4. 完全重疊

例如：

elanelan 天天

tasawtasaw 年年

例句：

matiw=iku   ti-utay-an   elanelan

[去=我　　類別詞-人名-處所格　天天]

'我天天去 utay 那邊。'

第 4 章

噶瑪蘭語的語法結構

一、詞序

噶瑪蘭語和其它的台灣南島語一樣，都是主要語在首的語言，因此句子的主要語通常都出現在最前面。

句子裡的詞序

句子通常以動詞起首，而動詞後的成分如果有清楚的格位標記(case-marking)，詞序就很自由，可以主語在前，如例句 1a；也可主語在後，如例句 1b：

1a. q-em-an <u>ya　　sunis</u> tu　　　'may
　　[吃-AF　主格　小孩　受格　飯]
　　'那小孩在吃飯。'

　b. q-em-an tu　　'may　　<u>ya　　sunis</u>
　　[吃-AF　受格 飯　　主格 小孩]
　　'那小孩在吃飯。'

不過如果沒有清楚的格位標記，那麼基本詞序是動詞-主語-其他成分（即 SVO）。因此，例句 2（主事焦點句）的意思是 2a，即 'utay 在打 tuyaw'，而不是 2b 'tuyaw 在打 utay'：

2. p-um-ukun　ti-utay　　　　ti-tuyaw
　　[打-AF　　類別詞-人名　類別詞-人名]
=a. 'utay 在打 tuyaw。'
#b. 'tuyaw 在打 utay。'

　　除了動詞之外，時間詞也可以出現在句首，並且帶上寄生代詞，例如：

3. temawaR=iku　qatiw　sa-bakung
　　[明天=我　　　去　　到-豐濱]
　　'明天我要去豐濱。'

另外，在強調或對比的句子裡，名詞也可出現在句首，充當述語，也就是強調或對比的焦點。不過，該名詞必須和句子的主語有相同的指涉，而該名詞之後必須有主格標記 ya 或 a，例如：

4. <u>Rabis</u> ya/a te-kiras na sunis tu 'esi, usa <u>saRiq</u>
   [小刀 主格 IF-切 屬格 小孩 受格 肉 不是 番刀]
   '小孩切肉用的是<u>小刀</u>,不是<u>番刀</u>。'

在例句 4 裡, Rabis 是和 saRiq 對比的焦點,因此出現在句首,充當述語。

名詞組裡的詞序

　　和句子不同,名詞組有兩種可能的詞序,一種是名詞居前,另一種是名詞居後。如果名詞和指示詞、屬格詞組等連用,詞序是名詞居前,例如:

5a. sunis zau[12]
　　　[小孩 這個]
　　　'這個小孩'

　b. sikawman na kebaran
　　　[話語 　　屬格 噶瑪蘭]
　　　'噶瑪蘭話'

相反地,如果和數詞、量詞、形容詞等連用,詞序則是名詞居後,同時名詞和這些成分之間通常會出現關係詞 ay,例

12 zau,樟原的噶瑪蘭人讀 rau。

如：[13]

6a. kin-turu   ay   sunis
    [類別詞-三 關係詞 小孩]
    '三個小孩。'

 b. mazmun   ay   sunis
    [很多   關係詞 小孩]
    '很多小孩。'

 c. Rubatang ay   sunis
    [漂亮   關係詞 小孩]
    '漂亮的小孩'

　　在複雜的名詞組裡，關係子句可出現在主要名詞之前，也可以出現在主要名詞之後，而關係子句內的主要動詞通常帶有關係詞 ay。例如：

7a. siqulus ay   tu   baRi ay   ti-abas
    [穿   關係詞 受格 紅   關係詞 類別詞-人名]

---

13 如果數詞、量詞和形容詞之後出現主格標記ya/a，雖然意義相同，但是結構就成了句子而不再是名詞組了。例如：

    kin-turu   a   sunis
    [類別詞-三 主格 小孩]
    '三個小孩'（字面上的意思爲'小孩的數量爲三'）

=b. ti-abas　　　　siqulus ay　　　tu　baRi ay

　　[類別詞-人名 穿　　關係詞 受格 紅　關係詞]

　　'穿紅色衣服的 abas'

關係詞 ay 的語意和功能相當於國語的 '的'，它出現在 baRi
（紅）之後表示 '紅色的東西'，出現在動詞 siqulus（穿）之
後則是修飾整個關係子句，表示 '穿...的人'。

　　另外附帶一提的是，在名詞組裡，人名、代名詞、疑
問代詞、量化代詞等非普通名詞(non-common nouns)前通常
會出現類別詞 ti，例如：[14]

8a. ti-utay[15]

　　[類別詞-人名]

　　'utay'

　b. ti-maiku

　　[類別詞-代名詞]

---

14 人名、代名詞、疑問代詞、量化代詞等非普通名詞(non-common nouns)的分
　佈很一致，應該是同屬於一個自然類(natural class)。例如，這些非普通名詞通
　常不能用定冠詞修飾，以英文為例： *the Mary/*the me/*the who/*the anyone
15 類別詞 ti 有些發音人讀為 ci。本文把類別詞 ti/ci 分析為前綴而不是自由詞素
　(free morph)，因為 ti/ci 出現在前綴 qa- 之後，例如：
　i. qa-ti-abas=ti
　　[QA-類別詞-人名=動貌]
　　'他（從此）將被命名為 abas 了。'

‘我（受格）’

c. <u>ti</u>-ana

   [類別詞-疑問代詞]

   ‘誰’

d. <u>ti</u>-tiana

   [類別詞-量化代詞]

   ‘任何人’

至於普通名詞(common nouns)，如果和數量詞連用，在數量詞前也會出現類別詞：如果名詞是屬人的(human)，類別詞用 kin；如果名詞是非屬人的(nonhuman)，類別詞則用 u。類別詞 u 可以省略，但類別詞 kin 則通常不能省略，例如：

9a. <u>kin</u>-turu   ay   razat

   [類別詞-三　關係詞　人]

   ‘三個人’

b. (<u>u</u>)-turu   ay   wasu

   [類別詞-三　關係詞　狗]

   ‘三隻狗’

10a. <u>kin</u>-tani   sunis[16]

   [類別詞-多少　小孩]

---

16 如上所述，kin-tani會音節縮減，實際的讀音為 kinani

'幾個小孩'

b. (u)-tani   tasaw

[類別詞-多少 年]

'幾歲'

值得注意的是，表示'很多'的數量詞並沒有和類別詞 kin 或 u 連用，而是採用不同的單字來區別屬人名詞和非屬人名詞：屬人名詞用 mazmun，非屬人用 mwaza：

11a. mazmun ay   razat

[很多   關係詞 人]

'很多人'

b. mwaza ay   wasu

[很多   關係詞 狗]

'很多狗'

二、格位標記系統

噶瑪蘭語有主格、受格、屬格和處所格等四組格位標記，其中屬格又依其所標示名詞的性質分為兩組，如下表所示：

表 4.1 噶瑪蘭語的格位標記系統

	主格	受格	屬格	處所格
普通名詞	ya/a	tu	na	ta-...-an （在） sa- （到） maq- （從）
人名和專有名詞	ya/a	tu	ni	...-an （在...那邊）

主格

　　主格格位標記 ya 和 a 的分布和功能一樣，都是用來標示句子的主語，例如：

1a. me-tawa <u>ya/a</u>　sunis
　　[AF-笑　主格　小孩]
　　'<u>那個小孩</u>在笑。'

 b. q-em-al tu　rasung <u>ya/a</u> sunis
　　[挖-AF 受格 井　　主格 小孩]
　　'<u>那個小孩</u>在挖井。'

在例句 1a-b 裡，動詞 metawa（笑）和 qemal（挖）都用主事焦點標記(Actor focus, 簡稱為 AF)，所以兩句都選主事者 sunis（小孩）當主語，而 sunis 前就會出現主格標記 ya 或 a。[17] 同樣的道理，如果動詞用受事焦點(Patient focus，簡稱

---

17 因為一般動詞可用主事者焦點標記並且選擇包含主事者(actor)、經驗者(experiencer)以及少數的客體(theme)在內的語意角色當主語，所以本文以大寫

爲 PF)標示，也就是用後綴 an 標示，那麼就選受事者
(Patient)當主語，而主語前也會出現主格標記 ya 或 a，例
如：[18]

2a. tawa-an na　　sunis　<u>ya/a</u>　tama-na
　　[笑-PF　屬格　小孩　主格　父親-他的]
　　'小孩取笑<u>他父親</u>。'

　b. qal-an　na　　sunis　<u>ya/a</u>　rasung
　　[挖-PF　屬格　小孩　主格　井]
　　'小孩挖了<u>那口井</u>。'

一般說來，主語通常是有定的(definite)名詞組，因此儘管沒
有定冠詞標示，例句 1-2 的主語的指涉仍是有定的，所以例
句 2b 的意思是 '小孩挖了**那口井**'，而不是 '小孩挖一口井'
或 '小孩挖了**井**'。不過，主語標記 ya 和 a 通常是可以省略
的，因此例句 1a-b 可以改寫成 3a-b，而句子的意思持不
變：

3a. me-tawa　sunis
　　[AF-笑　小孩]

的Actor作爲概括詞(cover term)，相關的討論請參閱本章第四節。

18 同樣的道理，大寫的Patient也只是個概括詞，可以包含受事者(patient)、客體
　　(theme)等語意角色。

'那個小孩在笑。'

b. q-em-al tu   rasung sunis

    [挖-AF 受格 井   小孩]

    '那個小孩在挖井。'

尤其當主語是人名時，主格標記 ya 和 a 的省略更是常態，例如：

4a. me-tawa ti-tuyaw

    [AF-笑   類別詞-人名]

    'tuyaw 在笑。'

b. q-em-al tu   rasung ti-tuyaw

    [挖-AF 受格 井   類別詞-人名]

    'tuyaw 在挖井。'

　　另外，主格標記 ya 和 a 也可以用來標示一個複雜名詞組，例如：

5. Rabis ya   te-kiras na   sunis tu   'esi, usa saRiq

    [小刀 主格 IF-切   屬格 小孩 受格 肉   不是 番刀]

    '小孩切肉用的小刀，不是番刀。'

在例句 5 裡，主格標記 ya 標示一個複雜名詞組為主語。該

名詞組是由一個關係子句修飾一個主要語名詞所組成，但省略了主要語名詞，因此該名詞組表面上看來好像是一個句子，情況類似國語的 '小孩切肉用的（工具）'。

受格

受格格位標記 tu 通常用來標示動作的受事者（如例句(6a)）或是賓語子句（如例句(6b)）：

6a. q-em-an <u>tu</u>   tamun ya   sunis
   [吃-AF 受格 菜   主格 小孩]
   '那小孩在吃菜。'

 b. spaR-an-na   <u>tu</u>   [$_s$ babar-an-ku=ti=isu]
   [知道-PF-他 受格   打-PF-我=動貌=你]
   '他知道我打了你。'

對於一些年紀較輕的發音人，tu 也可以用來標示終點(goal)、來源(source)等非受格詞組，例如：

7a. bura ti-upa   tu kerisiw <u>tu</u>   sunis-na
   [給 類別詞-人名 受格 錢   終點 小孩-她的]
   'upa 給她的小孩錢。'

 b. pa-bura ti-upa   tu kerisiw <u>tu</u>   sunis-na
   [使役-給 類別詞-人名 受格 錢   來源 小孩-她的]

'upa 跟她的小孩要錢。'

不過，對於年長的的發音人，tu 僅限於標示受格，終點、來源等詞組必須用處所格位標記 ta-...-an 來標示，因此例句 7a,b 要改寫為：

8a. bura ti-upa   tu kerisiw ta-sunis-an-na

   [給 類別詞-人名 受格 錢   處所格-小孩-處所格-她的]

   'upa 給她的小孩錢。'

b. pa-bura ti-upa   tu kerisiw ta-sunis-an-na

   [使役-給 類別詞-人名 受格 錢 處所格-小孩-處所格-她的]

   'upa 跟她的小孩要錢。'

     和主格格位標記不同的是，受格格位標記 tu 通常是不可以省略的，不過如果賓語是人名的話，tu 則通常不出現，所以例句 9a 可以改寫為 9b：

9a. p-um-ukun ti-tuyaw   tu   ti-utay

   [打-AF   類別詞-人名 受格 類別詞-人名]

   'tuyaw 在打 utay。'

b. p-um-ukun ti-tuyaw   ti-utay

   [打-AF   類別詞-人名 類別詞-人名]

   'tuyaw 在打 utay。'

一旦主格和受格格位標記都省掉（如例句 9b)，那就如前面所說的，是由基本的詞序，即動詞-主語-其他成分，來決定誰是主語誰是賓語了。

　　另外值得一提的是，和主語相反，受格名詞組通常是無定的(indefinite)。因此同樣的一個名詞組，出現在主語位置和出現在賓格位置，其指涉截然不同，試比較：

10a. q-em-al　tu　　rasung　ya　　sunis
　　　[挖-AF　受格　井　　主格　小孩]
　　　'那個小孩在挖井。'

　b. qal-an　　na　　sunis　　ya　rasung
　　　[挖-PF　屬格　小孩　　主格　井]
　　　'小孩挖了那口井。'

在例句 10a 裡，出現在賓語位置的 rasung 並沒有指涉特定的井；但是在 10b 裡，出現在主語位置的 rasung 則是指特定的一口井。

屬格

　　屬格格位標記有兩種功用，一個是標示受事焦點句子中的主事者，如例句 11a 的 razat；另一個是標示名詞組中的屬有者(possessor)，如例句 11b 的 sunis：

11a. pukun-an <u>na   razat</u> ya   sunis

[打-PF   屬格人   主格 小孩]

'那人打那小孩。'

b. tama   <u>na   sunis</u>

[父親 屬格 小孩]

'小孩的父親'

　　依其所標示名詞的性質，屬格格位標記可以分為兩組：如果所標示的名詞為普通名詞，則用屬格格位標記 na，如上所示；相對的，如果所標示的名詞是人名或專有名詞，則用屬格格位標記 ni，例如：[19]

12a. pukun-an <u>ni   utay</u> ya   sunis

[打-PF   屬格 人名 主格 小孩]

'utay 打那小孩。'

b. tama   <u>ni   utay</u>

---

[19] 人名和專有名詞所用的 ni，很可能是屬格格位標記 na 與類別詞 ti 經語音合成縮減所形成的，即 na+ti > ni，這樣的推論可以從下列的例句得到證實：

ia. Ramar-an <u>na ti-tama</u>   ti-tina   ya tamun

[煮-PF   屬格 類別詞-父親 類別詞-母親 主格 菜]

'（我的）父親替（我的）母親煮那道菜。'

=b. Ramar-an <u>ni</u> tama ti-tina   ya tamun

[煮-PF   屬格 父親 類別詞-母親 主格 菜]

[父親　屬格 人名]

'utay 的父親'

13a. pukun-an <u>ni　tina</u>　ya　　sunis

[打-PF　　屬格 母親 主格 小孩]

'我母親打那小孩。'

b. qulus　<u>ni　　tina</u>

[衣服　屬格 母親]

'我母親的衣服'

有趣的是，在噶瑪蘭語裡，tina（母親）有兩種用法，一種是不帶任何修飾語，如例句 13a-b，所指涉的對象固定只有一個，即說話者自己的母親。這種用法相當於英文的大寫 Mother，表示是一種專有名詞，因此用 ni 標示；tina 另一種用法是與修飾語連用，這時 tina 的指涉對象會隨修飾語而改變。這種用法相當於英文的小寫 mother，是一種普通名詞，因此用 na 標示。兩種用法上的差別，請參看下的對比：

14a. pukun-an <u>na　tina-na</u>　　ya　sunis

[打-PF　　屬格 母親-他的 主格 小孩]

'他的母親打那小孩。'

b. pukun-an <u>ni　　tina</u>　ya　sunis

[打-PF　　屬格 母親　主格 小孩]

'母親打那小孩。'

例句 14a 和 14b 是一組對比的例句，形式相似，但所指涉的意思不同：14a 指的是第三者的媽媽，而 14b 指的是說話者自己的媽媽。這樣意思上的差別顯現在屬格的格位標記上：14a 用 na，所以標示的是普通名詞，相當於英文小寫的 mother；14b 用 ni，所以所標示的是專有名詞，相當於英文大寫的 Mother。

處所格

處所格格位標記 ta-...-an 的功用是表示事件發生的處所，例如：

15a. Rasa-an-ku ya　　sulal　 <u>ta-bakung-an</u>
　　[買-PF-我　 主格 書　　處所格-豐濱-處所]
　　'這本書我<u>在豐濱</u>買的。'

　b. yau <u>ta-ngayaw-an</u>　　　　 ni　 abas ti-buya babar ti-utay
　　[在 處所格-前面-處所　屬格 人名 人名　 揍(AF) 人名]
　　'buya 在 abas 的前面揍了 utay'

ta-...-an 也可和趨向動詞(motion verb)搭配起來，用來表示事件發生的終點或起點，例如：

16a. qatiw=pa=iku　　ta-bakung-an　　　　　amawaR

　　[去=未來式=我　處所格-豐濱-處所格　明天]

　　'我明天要<u>到豐濱</u>去。'

　 b. maqeri=iku　　ta-miaori-an

　　[從=我　　　　處所格-苗栗-處所格]

　　'我<u>從苗栗</u>來。'

在例句 16a 裡，ta-...-an 所標示的是說話者移動的終點，而
在例句 16a 裡，ta-...-an 所標示則是說話者從什麼地方來
的，即移動的來源。

　　表示終點也可以用終點標記 sa-，換句話說，要表達
16a 的語意也可以用例句 17：

17. qatiw=pa=iku　　sa-bakung　amawaR

　　[去=未來式=我　到-豐濱　　明天]

　　'我明天要到豐濱去。'

ta-...-an 和 sa-在句法功能和句法分布上也有相似之處，兩者
都可以和處所名詞搭配，出現在句首充當述語，並且可以後
接動貌標記和寄生代詞，例如：[20]

---

20 動貌和寄生詞出現在整個處所詞組之後而不是出現ta或sa之後，顯示ta-和
　 sa-都是前綴而不是自由詞素。

18a. ta-bakung-an=ti=iku

[處所格-豐濱=動貌=我]

'我在豐濱了。'

b. sa-bakung=ti=iku

[到-豐濱=動貌=我]

'我到豐濱了。'

不過，ta-...-an 和 sa-的語意功能並不相同。ta-...-an 的語意功能是表示動作的處所、位置，而 sa-則是表示終點，相當於國語的'到'。ta-...-an 只有和趨向動詞連用時才能表示終點或起點，如果不和趨向動詞連用，ta-...-an 就只表示處所、位置，不表示終點或起點，試比較：

19a. ta-razing-an   ya   baqi qapaRin

[處所格-海-處所格   主格 老人 撿柴]

'那老人在海邊撿柴'

b. sa-razing   ya   baqi qapaRin

[到-海   主格 老人 撿柴]

'那老人到海邊撿柴。'

與處所、方位相關的還有一個詞素是前綴 maq-。和 sa-相反的，maq-是表示動作的起點，相當於國語的'從'；不過

和 sa-一樣的是，maq-之後也不在加後綴-an，試比較：[21]

20a. maq-razing=pa=isu   m-autu

　　[從-海=未來式=我　　AF-來]

　　'你要從海邊來。'

　b. sa-razing=pa=iku

　　[到-海=未來式=我]

　　'我要到海邊去。'

　　表示處所有時並不用複雜詞綴 ta-...-an，而只用前綴 ta-
或是只用後綴-an。例如上、下、裡、外等方位詞只用前綴
ta-，人名和人稱代詞只用後綴-an：

21a. yau u-siq　　　　sulal ta-babaw na takan

　　[有　類別詞-一 書　處所格-上 屬格 桌子]

　　'有一本書在桌上。'

　b. yau wasu ta-tati

　　[有 狗　處所格-外面]

　　'外面有狗。'

---

21 噶瑪蘭語另一個表達'從'的方法是用動詞nizi，例如：

　i. nizi-ita　　ta-ngiran-an

　　[從-咱們 處所格-宜蘭-處所格]

　　'咱們都是從宜蘭來的。'

c. yau kin-'siq   tazungan ti-utay-an

[有 類別詞-一 女人   類別詞-人名-處所格]

'有一個女人在 utay 那邊。'

d. qatiw=pa=iku   ti-maisu-an   temawaR

[去=未來式=我 類別詞-我-處所格 明天]

'明天我要去你那邊。'

三、代名詞系統

代名詞包括人稱代名詞、指示代名詞和疑問代名詞，其中疑問代名詞在本章第九節另有討論，因此這一節我們將著重於指示代名詞和人稱代名詞。

指示代名詞

噶瑪蘭語的指示代名詞，依所指示的人物、時地和樣貌離說話者的遠近，分為兩組，如下表所示：

表 4.2 噶瑪蘭語的指示代名詞系統

離說話者遠近	近	遠
人、物	zau 這	'nay/wi'u 那
地方	tazian 這裡	tawian 那裡
時	stangi 這時候 （現在）	masang 那時候 （以前）
樣貌、情狀	nazau 這樣[22]	nayau 那樣

22 zau（這）樟原讀為rau，nazau（這樣）樟原則讀為narau。

　　至於指示代名詞在句中的位置，指人、指物的指示代
名詞通常出現在所指示人物之後，例如：

1a. saku　zau, wasu　'nay/wi'u

　　[貓　這 狗　　那]

　　'這是貓，那是狗。'

 b. razat zau/'nay

　　[人　這/那]

　　'這/那個人。'

如果指示代名詞出現在前，那麼關係詞 ay 必須跟隨在後：

2. zau/'nay　ay　　　razat

　　[這/那　關係詞 人]

　　'這/那個人'

　　指地的指示代名詞通常出現在動詞之後的句中位置，
例如：

3. yau=iku tazian,　yau=isu tawian

　　[住=我 這裡　　住=你　那裡]

　　'我住這裡，你住那裡。'

指時的指示代名詞則較自由，可以出現句首，也可出現在句尾，例如：

4a. <u>stangi</u>　s-um-ezang　ta-tati
　　[這時候　熱-AF　　處所-外面]
　　'這時候外面很熱。'

　b. <u>masang</u>　piray
　　[那時候　累]
　　'那時候生活很艱苦。'

5a. s-um-ezang　ta-tati　　　<u>stangi</u>
　　[熱-AF　　處所-外面　這時候]
　　'這時候外面很熱。'

　b. piray <u>masang</u>
　　[累　那時候]
　　'那時候生活很艱苦。'

指樣貌、情狀的指示代名詞通常出現在句首，例如：

6a. <u>nayau</u> ka　si　　kuna=pa=iku　Raw
　　[那樣　KA 如果　先=未來式=我　吧]
　　'如果那樣，那我就先走了。'

b. <u>nazau</u>　nengi=ti

　[這樣　好=動貌]

　‘那就這樣吧！’

（二）人稱代名詞

　　噶瑪蘭語的人稱代名詞系統相當發達，如下表所示：

表 4.3 噶瑪蘭語的人稱代名詞系統[23]

詞 形 格 別			附 著		自 由 代 詞			
			主	屬	主 格	受 格	處 所 格	所有
稱	數	式						
1	單數		iku	ku	aiku	timaiku[24]	timaikuan tamaiku	zaku[25]
2	單數		isu	su	aisu	timaisu	timaisuan tamaisu	zasu
3	單數		---	na	aizipna	timaizi-pana	tamaizipana	zana
1	複數	包含	ita	ta	aita	timaita	timaitaan tamaita	zata
	複數	排除	imi	niq	aimi	timaimi	timaimian tamaimi	zaimi
2	複數		imu	nu-mi	aimu	timaimu	timaimuan tamaimu	zaimu
3	複數		---	na	qaniau	qaniau	qaniauan	zana

從表 4.3 我們可以發現，噶瑪蘭語不但有人稱（如國語的你/

---

23 除了第三人稱之外，每個格位的代名詞似乎都具有共同的語根。例如，第一人稱單數都有ku或iku，第二人稱單數都有su或isu。如前面音韻規律部份所說，a-iku等字雖寫為三音節，但實際上是讀為雙音節的ayku。不過，為了易於辨認語根，aiku仍寫為aiku而不寫成ayku。

24 除第三人稱之外，受格和處所格代詞與人名一樣，都帶有類別詞ti-，至於為什麼只有受格和處所格代詞保留ti-，而主格和所有格卻沒有ti-，究竟這是否為歷史演變的偶然，還是有其他的原因，目前我們無法判定。有關噶瑪蘭語類別詞的討論，有興趣的讀者可以參考Chang et al. (1998)。

25 zaku（我的）樟原讀為raku。

我/他）、數（如國語的你們/我們/他們）的差別，還有格位
(如英文的 he/his)和詞彙形式的區別，其中第一人稱複數更
有包含式、排除式（如國語的咱們/我們）的不同。以下我
們就針對這些特色一一來探討。

1、包含式和排除式的區別

　　包含式(inclusive)和排除式(exclusive)的區別在於，代名
詞是否把聽話者包含在內：如果聽話者包含在內，那就用包
含式代名詞，如果不包含在內，那就用排除式代名詞。這種
區別相當於國語的咱們和我們、閩南語的 lan 和 gwan 的區
別，試比較：

7a. kebaran　　　aita
　　[噶瑪蘭人　咱們]
　　'咱們是噶瑪蘭人。'（聽話者包含在內）

 b. kebaran　　aimi
　　[噶瑪蘭人　我們]
　　'我們是噶瑪蘭人。'　（聽話者不包含在內）

7'a. kebaran=ita
　　　[噶瑪蘭人=咱們]
　　　'咱們是噶瑪蘭人。'（聽話者包含在內）

 b. kebaran=imi

[噶瑪蘭人=我們]
'我們是噶瑪蘭人。'　　（聽話者不包含在內）

2、詞彙形式的區別

　　所謂詞彙形式的區別，指的是代名詞依其詞彙形式，即語音形式的長短，分為附著代名詞(bound pronoun)和自由代名詞(free pronoun)。一般說來，附著代名詞的語音形式通常比自由代名詞短。例如，第一人稱單數的屬格附著代名詞 ku 為單音節，但處所格自由代名詞 timaikuan 卻長達四個音節。

　　除了詞彙形式的區別之外，附著代名詞和自由代名詞在句法表現上也有很顯著的不同。例如，附著代名詞 iku 和自由代名詞 aiku 雖然同為主格，但 iku 必須寄生在句子的主要語上；相對的，aiku 則不但可以單獨出現，而且可以自由地出現在句首、句中和句尾的位置。試比較：

8. q-em-an=ti=<u>iku</u>　　　tu　　　'may
　　[吃-AF=動貌=我　受格　飯]
　　'我吃過飯了。'

9a. q-em-an=ti　　<u>aiku</u> tu　　　'may

[吃-AF=動貌　我　　受格 飯]

'我吃過飯了。'

b. q-em-an=ti　　tu　　'may aiku

[吃-AF=動貌 受格 飯　　我]

'我吃過飯了。'

c. aiku ya　　　q-em-an=ti　　tu　　'may

[我　主格　吃-AF=動貌　受格 飯]

'吃過飯（的人）是我。'

10a.問：tiana qatiw　sa-bakung temawaR

[誰　去　　到-豐濱　明天]

'明天要到豐濱去（的人）是誰？'

b.答：aiku/*iku

[我]

'是我'

3、格位區別

　　噶瑪蘭語的人稱代名詞有五種格位區分，即主格、屬格、受格、處所格和所有格。前四種格位區分和普通名詞的格位區分相當，句法和語意功能也相仿，只有所有格格位區分是普通名詞所沒有的。

(1)主格代名詞

主格代名詞的句法功能和用主格格位標記的名詞一樣，都是充當句子的主語。例如：

11 a. q-em-an=ti   a   <u>sunis a yau</u> tu   'may
　　[吃-AF=動貌 主格 小孩   那 受格 飯]
　　'那小孩吃過飯了。'

　 b. q-em-an=ti=<u>iku</u>   tu   'may
　　[吃-AF=動貌=我 受格 飯]
　　'我吃過飯了。'

　 c. q-em-an=ti   <u>aiku</u> tu   'may
　　[吃-AF=動貌 我   受格 飯]
　　'我吃過飯了。'

如例句 11 所顯示，主格代詞 iku 和 aiku 與普通名詞 sunis a yau 一樣，都是句子的主語，所不同的是，普通名詞 sunis a yau 前面會出現主格標記 a，而代詞前不能出現主格標記 a。自由主格代詞不能和主格標記 a 連用可能和它本身的構詞有關，因為除了第三人稱外，自由主格代詞似乎都可以看成是一個詞彙複合體(morphological complex)，由主格標記 a 和附著代詞所組合而成，例如第一人稱的 aiku 可能是由主格標記 a 加 iku 所形成。因為本身已經含有主格標記，所以不必額外由主格標記 a 來標示其主語的功能。至於主格附著

代詞不能和主格標記 a 連用則是因為，主格標記 a 只能標記自由詞，不能標示附著詞，而主格附著代詞是附著性的(bound)，所以不能和主格標記 a 連用。事實上更嚴格地說，噶瑪蘭語的主格附著代詞是一種寄生代詞(pronominal clitics)，因此通常必須"寄生"在句首的主要述語上，不管該主要述語(matrix predicate)是名詞（如 12a）、動詞（如 12b）或是其他詞類（如 12c-d），例如：[26]

12a. kebaran=iku[27]

    [噶瑪蘭人=我]

    '我是噶瑪蘭人。'

  b. m-atiw=ti=iku   sa   razing Ribaut

    [AF-去=動貌=我 到 海   捉魚]

    '我到海邊捉魚。'

  c. yau=iku   m-uzis

    [在=我   AF-洗澡]

    '我正在洗澡。'

  d. mai=iku   m-uzis

---

26 yau有兩種用法，一種是當主動詞用，意思是'存在'，例如：

  i. yau   a   sunis-ku

    存在   主格 小孩-我的

    字面意思：'我的小孩在'，轉為 '我有小孩。'

另一種用法是助動詞用，表進行貌，如例句12c。

27 寄生詞本文用等號'='表示。

　　[沒有=我　　AF-洗澡]

　　'我沒有洗澡。'

不過，如果出現在句首是時間詞、疑問詞如 mana （爲什麼），那麼主格寄生代詞就不一定要寄生到句首，也可以選擇留在主要動詞上，例如：

13a.　temawaR=<u>iku</u>　qatiw　sa-paterungan

　　　[明天=我　　　去　　到-新社]

　　　'我明天要去新社。'

　b.　temawaR　　qatiw=<u>iku</u>　sa-paterungan[28]

　　　[明天　　　去=我　　　到-新社]

　　　'我明天要去新社。'

14a.　mana=<u>isu</u>　　p-um-ukun tu　　sunis

　　　[爲什麼=你　打-AF　　受格　小孩]

　　　'你爲什麼打小孩呢？'

　b.　mana　　p-um-ukun=<u>isu</u>　tu　　sunis

---

28 時間詞temawaR（明天）可以出現在句首、句中，也可以出現在句尾，所以
　例句13b可改寫成：

　i. qatiw=<u>iku</u>　　　temawaR sa-paterungan
　　[去=我　　　明天　　到-新社]
　　'我明天要去新社。'

　ii.qatiw=iku　　　sa-paterungan temawaR
　　[去=我　　　到-新社　　　明天]
　　'我明天要去新社。'

[爲什麼　打-AF=你　　　受格 小孩]

‘你爲什麼打小孩呢？’

　　值得注意的是，第三人稱單數和複數寄生代詞都沒有
主格形式，如果第三人稱當主語，則只能用自由代名詞，例
如：

15a. m-erizaq　tu　　sunis　aizipna

　　　[AF-喜歡　受格 小孩　他]

　　　‘他喜歡小孩。’

 b. rizaq-an　na　　sunis aizipna

　　　[喜歡-PF 屬格 小孩 他]

　　　‘小孩喜歡他。’

　　另外，主格自由代名詞也可以出現在句首，充當強調
或對比的焦點，這時主格代名詞後通常會出現主格標記 ya
或 a，例如：

16. aiku ya　p-um-ukun　tu　　sunis, usa　aisu

　　　[我 主格 打-AF　　受格 小孩 不是 你]

　　　‘打小孩的（的人）是我，不是你。’

（2)屬格代名詞

　　屬格代名詞和用屬格格位標記的名詞一樣，都有兩種功能：一種是標示受事焦點句中的主事者，另一種功能是標示名詞組中的屬有者。和用屬格格位標記的名詞不同的是，屬格代名詞是附著性的，必須附著在句子或名詞組的主要語上，如例句 17a-b 所示：

17a. tama-<u>na</u>

　　[父親-他]

　　'他的父親'

　b. pukun-an-<u>na</u> ya　sunis

　　[打-PF-他　主格 小孩]

　　'他打那小孩。'

在這裡，我們必須指出的是，附著性屬格代詞和附著性主格代詞雖然都是附著性的，但兩者的句法表現有相當大的差別。第一，附著性屬格代詞可以和一個同指涉的 (coreferential)的名詞組一起出現在同一個句子內，而附著性主格代詞卻不行。例如：

18a. azas-an-<u>na</u>$_i$=iku na　<u>tama-ku</u>$_i$　Risa　tu　sulal

[帶-PF-他=我　　屬格 父親-我的 買(AF) 受格 書]

'我父親他帶我去買書。'

b. Ramaz-an-na_i　ti-upa_i　　　ya　tamun

[煮-PF-他　　　類別詞-人名 主格 菜]

'那菜 upa 她煮了。'

在例句 18a-b 裡，我們可以看到第三人稱屬格附著代詞 na 可以和同句的 tama-ku（我的父親）同指涉，但主格附著代詞 iku 卻沒有這種表現。由此看來，如果說主格附著代詞是寄生代詞（如上節所述），那麼屬格附著代詞則是呼應詞綴 (agreement affix)。[29]

第二，附著性屬格代詞必須出現在時式(tense)和動貌 (aspect)標記之前，但附著性主格代詞卻必須出現在其後，試比較：

19a. k-em-irim=pa=iku　ti-abuq-an

[找-AF=未來式=我 類別詞-人名-處所格]

'我要去找 abuq。'

b. q-em-an=ti=iku　　tu　　'may

---

29 有關寄生詞綴和呼應詞綴的區辨，Chang(1997)有很詳細的討論，有興趣的讀者可以自行參閱。

[吃-AF-=動貌=我　受格　飯]

'我吃飯了。'

20a. sinanam-an-<u>ku=pa</u>　　sikawmaan　na　　bayibaqi[30]

[學習-PF-我=未來式　話語　　　屬格　祖先]

'我要學那些祖先的話。'

b. sinanam-an-<u>ku=ti</u>　　sikawmaan　na　　bayibaqi

[學習-PF-我=動貌　話語　　　屬格　祖先]

'我學了那些祖先的話了。'

在例句 19a-b 裡，不管時式標記 =pa 或是動貌標記 =ti 都出現在附著性主格代詞 =iku 之前；相反的，如例句 20a-b 所示，=pa 或是 =ti 卻必須出現在附著性屬格代詞 -ku 之後。因此，如果附著性屬格代詞、pa/ti 和附著性主格代詞一起出現，那麼其間的排列次序就應該是屬格-pa/ti-主格了。例如：

21a. babar-an-ku=pa=isu

[揍-PF-我=未來式=你]

'我要揍你。'

b. tayta-an-<u>na=ti=iku</u>

---

30 第一人稱附著性屬格代詞-ku 和未來式標記=pa 相鄰接時，通常會發生語音合併 (fusion) 形成 -ka。所以例句20a實際讀爲 sinanam-an-<u>ka</u> sikawmaan na bayibaqi。

[看到-PF-他=動貌=我]

'他看到我了。'

第三，附著性屬格代詞和附著性主格代詞的分布不同：附著性主格代詞如上所述，通常寄生到主要動詞前的述語上，但是附著性屬格代詞則必須留在主要動詞上，例如：

22a. yau 'etung-an-<u>niq</u> ya babuy qataban

[有 殺-PF-咱們 主格 豬 豐年祭]

'咱們豐年祭有殺豬。'

b. mai 'etung-an-<u>niq</u> ya babuy qataban

[沒有 殺-PF-咱們 主格 豬 豐年祭]

'咱們豐年祭沒有殺豬。'

附帶一提，第三人稱單數的屬格附著代名詞和屬格格位標記同形，都是 na。

(3)受格代名詞

受格代名詞的句法功能和用受格格位標記的名詞一樣，通常是充當句子的賓語。噶瑪蘭語的受格代名詞只有自由形式，沒有附著形式。例如：

23a. m-erizaq　ya　　sunis　timaiku

　　[AF-喜歡　主格　小孩　我]

　　'那小孩喜歡我。'

　b. p-um-ukun　ti-utay　　　　　timaiku

　　[打-AF-　類別詞-人名　我]

　　'utay 打我。'

(4)處所格代名詞

　　處所格代名詞的句法功能和用處所格格位標記的名詞一樣，通常都是充當動作發的處所。處所格代名詞和受格代名詞一樣，只有自由形式，沒有附著形式。處所格代名詞有兩種形式，即 ti-...-an 和 ta-...，兩者可以交換使用，因此例句 24a 可以改寫成 24b：

24a. q-em-an　ti-upa　　　　　ti-maiku-an

　　[吃-AF-　類別詞-人名　我（處所）]

　　'upa 在我這裡吃飯。'

　b. q-em-an　　ti-upa　　　　ta-maiku

　　[吃-AF-　類別詞-人名　我（處所）]

　　'upa 在我這裡吃飯。'

如果和趨向動詞或交易動詞(verbs of transaction)連用，處所

格代名詞也可以表示事件發生的起點或終點，例如：

25a. qatiw=pa=iku　timaisuan　q-em-an　saRabi
　　[去=未來式=我　你（終點）吃-AF-　晚餐]
　　'今晚我要到你家去吃晚餐。'

　b. bura　　ti-utay　　　　tu　kerisiw　timaikuan
　　[給(AF)　類別詞-人名　受格　錢　　我（終點）]
　　'utay 給我錢。'

　c. m-riway　ti-utay　　　　tu　kerisiw　timaikuan
　　[AF-借　類別詞-人名　受格　錢　　我（起點）]
　　'utay 向我借錢。'

在使役句裡，處所格代名詞也可以用來表示受使役的對象，
例如：

26. pa-qan　　tu　baut　ti-tina　　　　timaikuan
　　[使役-吃　受格　魚　　類別詞-母親　我]
　　'母親餵我吃魚。'

　　　另外，處所格代名詞也可以充當動作的賓語，和受格
代名詞交換使用，因此例句 27a 可以改寫成 27b：

27a. babar　　ti-utay　　　　　timakuan

[揍(AF) 類別詞-人名 我（賓語）]

'utay 揍我。'

b. babar　　ti-utay　　　　timaku

[揍(AF) 類別詞-人名 我（賓語）]

'utay 揍我。'

(5)所有格代名詞

　　所有格代名詞是由屬格代名詞和前綴 **za** 所構成，但是其句法功能和句法表現與屬格代名詞有很大的不同。如前面所述，屬格代名詞是附著代名詞，必須出現在主要語之後，標示受事焦點句的主事者或是名詞組的所有者；所有格代名詞則是自由代名詞，可以出現在主要語名詞之前或之後，只能標示所有者，不能標示主事者，試比較：

28a.　bawa'-ku

[船-我的]

'我的船'

=b.　zaku　ay　　　　bawa'

[我的 關係詞　船]

=c.　bawa' zaku

[船　我的]

29a. zaku　ya　　bawa'

[我的 主格 船]

'船是我的。'

b.*ku　　ya　bawa'

[我的 主格 船]

30a. supaR-an-ku=ti

[知道-PF-我=動貌]

'我知道了。'

b. supaR-an　zaku[31]

[知道-PF　我的]

四、焦點系統

噶瑪蘭語有三種焦點結構，即主事焦點(Actor Focus, AF)、受事焦點和工具焦點或受惠焦點。以下我們將逐一來介紹這些焦點結構。

---

31 根據Lee(1997: 51)，例句30b就算可以說得通，意思也和30a很不同：例句30b可能的意思是'我的東西我知道'或是'我認得出我的東西'。這也就是說，例句30b的可能的結構是，supaRan 當名詞用（知道的東西），充當主語 zaku（我的）的述語，即：

i. supaR-an　　(a)　　zaku

　[知道-PF　主格　我的]

　名詞述語　　　　主語

主事焦點

　　主事焦點通常是以主事者爲主語，主要動詞通常會帶上主事焦點標記 m，例如：

1a. p-um-ukun tu　　sunis　ya　　baqi
　　[打-AF-　　受格 小孩　主格 老人]
　　'<u>那個老人</u>在打小孩。'

　b. m-'etung tu　　teraquq ya　　tina-na
　　[AF-殺　受格 雞　　　主格 母親-他的]
　　'<u>他的母親</u>在殺雞。'

在例句 1a-b 中，畫線的 baqi（老人）和 tina-na（她的母親）分別是動作動詞 pumukun（打）和 m'etung（殺）的主事者(actor)，即執行動作的人。因爲動詞都有主事焦點標記 m 標示，所以句子的主語就由主事者 baqi 和 tina-na 擔任。

　　另外，有主事焦點標記的動詞也可選擇經驗者(experiencer)當主語，例如：

2a. m-rizaq　　tu　　sunis <u>ti-Rungay</u>
　　[AF-喜歡　受格 小孩　類別詞-人名]
　　'<u>Rungay</u> 喜歡小孩。'

b. m-aytis=<u>iku</u> tu   siqay

   [AF-怕=我   受格   蛇]

   '<u>我</u>怕蛇。'

在例句 2a-b 中，mrizaq 和 maytis 都是心理動詞 (psychological verbs)，也就是表示心理狀態的動詞，而不是動作動詞，因此其主要論元（即 Rungay 和 iku）就不是主事者，而是經驗者。不過，儘管如此，指定經驗者為主語的動詞 mrizaq 和 maytis 一樣都有 m 詞彙標記。另外，一般只有一個論元的不及物動詞也可以帶上 m 詞彙標記，而該論元所扮演的語意角色並不是主事者，也不是經驗者，而是客體(theme)，例如：

3a. m-uRin ya   <u>sunis</u>

    [AF-哭 主格 小孩]

    '那小孩正在哭。'

 b. m-taRaw   <u>ti-Rungay</u>

    [AF-生病 類別詞-人名]

    'Rungay 生病了。'

 c. m-suRaw ya   <u>sunis</u>

    [AF-跌倒 主格 小孩]

    '那小孩跌倒了。'

這也就是說，除了可以標示主事者為主語外，m 詞彙標記也可以標示經驗者和客體為主語。因此，我們用大寫的 Actor 來涵蓋這些語意角色，主事焦點的英文名稱因而為 Actor focus，而不是 actor focus。

在某些結構裡，動詞沒有帶 m 詞彙標記，但仍以主事者為主語，這些結構仍可視為主事焦點結構。類似這樣的結構有：

1、一些以雙唇濁音 b 起始的動詞
例如：

4a. <u>babar</u>　　ti-utay　　　　timakuan
　　[揍(AF) 類別詞-人名　我（賓語）]
　　'utay 在揍我。'

b. <u>bura</u>　　ti-abas　　　　tu　　kerisiw timaikuan
　　[給(AF) 類別詞-人名　受格 錢　　我（終點）]
　　'abas 給我錢。'

c. <u>basi</u>　　tu　　terel ya　sunis
　　[洗(AF) 受格 菜　主格 小孩]
　　'那小孩在洗菜。'

如例句 4a-c 所示，以雙唇音為起首的字 babar、bura 和 basi 雖然沒有 m 標記，但是仍分別以 utay、abas 和 sunis 等主事

者為主語。

2、一些從名詞衍生來的動詞

例如：

5a. qapaRin ya   baqi
    [撿材   主格 老人]
    '那老人在撿材。'

 b. Ribaut ya   baqi
    [捉魚   主格 老人]
    '那老人在捉魚。'

 c. sa'may ya   baqi
    [煮飯   主格 老人]
    '那老人在煮飯。'

3、使役前綴 pa- 之後

例如：

6. pa-qan   tu   baut ti-tina   timaikuan
   [使役-吃 受格 魚   類別詞-母親 我]
   '母親餵我吃魚。'

在例句 6 裡，動詞 paqan 雖然沒有 m 標記，但是仍是以主

事者 tina 為主語。

4、未來式標記 pa 之前
例如：

7. <u>qan=pa=iku</u>　　　tu　　Raaq
　　[吃=未來式=我　受格　酒]
　　'我要喝酒。'

5、起始貌前綴 Ru 之後
例如：

8a.　Ru-pukun　　tu　　sunis　ya　　baqi
　　　[起始貌-打　受格　小孩　主格　老人]
　　　'那老人剛剛開始打小孩。'
　b.　Ru-qautu=iku
　　　[起始貌-來=我]
　　　'我剛剛來。'

6、意願動詞 ngil 之後
例如：

9. ngil=ti=iku   qan tu   'may
   [想要=動貌=我　吃　　受格 飯]
   '我想要吃飯。'

7、命令式
例如：

10. 'etung tu   teraquq
   [殺　　受格 雞]
   '殺雞！'

    在語意方面，主事焦點結構通常表示正在發生、已經發生或發生過的事情，因此主事焦點標記動詞可以和「現在」、「昨天」等時間詞連用，但不能和「明天」等時間詞連用，試比較：

11a. p-um-ukun tu   sunis ya   baqi stangi
    [打-AF-   受格 小孩　主格 老人 現在]
    '那老人現在正在打小孩。'

  b. m-Risa=iku tu   baRi ay   qulus nasiRab
    [AF-買=我　受格 紅色 關係詞 衣服 前天]
    '前天我買了一件紅色的衣服。'

c.*m-Risa=iku tu   baRi ay   qulus temawaR

[AF-買=我 受格 紅色 關係詞 衣服 明天]

受事焦點

　　受事焦點(Patient focus, PF)通常是以動詞的受事者(patient)為句子的主語，動詞上的焦點標記為後綴-an。例如：

12a. Ramaz-an-na$_i$ ti-upa$_i$ ya   tamun

[煮-PF-他   類別詞-人名 主格 菜]

‘那菜 upa 他煮了。’

b. babar-an-na$_i$ ti-utay$_i$ ya   sunis

[揍-PF-他   類別詞-人名 主格 小孩]

‘那小孩 utay 他揍了。’

在例句 12a-b 中，動詞 Ramazan （煮）和 babaran（揍）上都有受事焦點標記 an，動詞的受事者 tamun （菜）和 sunis（小孩）因而被指定為主語。如前所述，主語通常都是有定的，所以 tamun 和 sunis 在句中分別被解釋為‘那菜’和‘那小孩’。另外，在受事焦點句中，主事者可以和動詞形成呼應，因此例句 12a-b 的動詞都上出現第三人稱呼應語素 na，和主事者 upa 和 utay 同指涉。

　　在這裡我們要特別指出的是，所謂受事焦點其實和主

事焦點一樣，都只是個概括詞，除了受事者之外，其實還包含其他的語意角色，例如：

13a. supaR-an-na ya nangan-ku
[知道-PF-他　主格　名字-我的]
'他知道我的名字。'

b. riway-an-na$_i$=iku ni Rungay$_i$ tu sulal
[借-PF-他=我　屬格 人名　受格 書]
'Rungay 他向我借書。'

c. bura-an-na$_i$=isu ni Rungay$_i$ tu sulal
[給-PF-他=你　屬格 人名　受格 書]
'Rungay 他給你書。'

在例句 13a-c 裡，動詞都用受事焦點標記 an 標示，不過其主語卻都不是受事者。在 13a 裡，動詞 supaRan（知道）是一個靜態動詞(state verb)，所以句中的 nangan-ku（我的名字）應該是一個客體；在 13b-c 裡， 動詞 riwayan（借）和 buraan（給）都是交易動詞，因此句中的代詞 iku（我）和 isu（你）所扮演的語意角色應該分別是來源(source)和終點(goal)。就因為受事焦點句的主語不限於受事者，所以我們用大寫的 Patient 來涵蓋受事者、客體、來源、終點等語意角色，因此受事焦點的英文名稱是 Patient focus 而不是小寫的 patient focus。雖然受事焦點主語的語意角色可以很多

樣，但是就我們目前的瞭解，主事焦點的典型主語主事者和經驗者並不能包括在內。

另外值得一提的是，在噶瑪蘭語裡，後綴 an 是用來標示受事焦點，這和其他的台灣南島語，後綴 an 通常是用來標示處所焦點(Locative focus，簡稱 LF)是大異其趣的，以和噶瑪蘭語鄰近的阿美語(Amis)為例：[32]

14a.　pa-teli'-an　　ni　　ina'　tu　　wawa　kuni cacanuyan
　　　 [使動-放-LF　屬格　母親　受格　小孩　這　　搖籃]
　　　 '母親把小孩放在搖籃。'

　 b.　pi-adup-an　ni　　aki　　tu　　fafuy　kuni lutuk
　　　 [打獵-LF　屬格　人名　受格　豬　　這　　山]
　　　 'aki 在這座山打獵。'

在例句 14a-b 裡，動詞 pateli'an（使放）和 piadupan（打獵）都有後綴 an 標示，其主語都是由動作發生的處所 cacanuyan（搖籃）和 lutuk（山）擔任，而不是客體 wawa（小孩）或受事者 fafuy（豬）。

在噶瑪蘭語裡，動詞如果標示後綴 an，處所並不能充當主語，這也就是說，噶瑪蘭語後綴 an 處所焦點的標示功能已經消失，後綴 an 已經轉化為受事焦點標記。不過，某

---

32 例句14a-b取材自吳靜蘭(1997: 19)。

些名詞的構詞裡仍然保留了這個遺跡，例如：

15a. sa'may-an

　　　[煮飯-LF]

　　　'煮飯的地方' 可引申爲 '廚房'

　b. uzis-an

　　　[洗澡-LF]

　　　'洗澡的地方'可引申爲'浴室'

在 15a-b 裡，動詞 sa'may（煮飯）和 uzis（洗澡）加上後綴 an 就轉變爲名詞，表示動作的處所。從這個例子我們可以瞭解，噶瑪蘭語的後綴 an 早期也是和其他的台灣南島語一樣，是用來標示處所焦點的。[33] 不過，由於後綴 an 目前的主要功能爲標示受事焦點，所以常見的用法是，動詞加上後綴 an 表示動作的受事者、客體等，例如：

16a.　nengi　a　　　qan-<u>an</u>

　　　　[好　　主格　吃-PF]

　　　　'吃的東西很好' = '好吃'

　b.　kiya=ma　　a　　　supaR-<u>an</u>-ku

　　　　[少=僅　　　主格　知道-PF-我]

---

33 後綴 an 也可以附加在人稱代詞和人名之後，用來表示處所，關於這一點，讀者請參考**格位標記**一節有關**處所格**的討論。

　　'我知道的很少' ＝ '我懂的很少'

在例句 16a-b 裡，動詞 qan（吃）和 supaR（知道）加上後綴 an 後，似乎都轉為名詞，因此可以出現在主語位置，由主格標記 a 標示。[34] 其名詞意義分別為'吃的東西'和'知道的事情'，不是'吃的地方'和'知道的地方'，而'東西'和'事情'分別是動詞'吃'和'知道'的受事者和客體，由此可見後綴 an 在這裡的功能是標示受事焦點而不是處所焦點。

　　在語意方面，如果沒有其他的時式標記，受事焦點結構通常表示已經發生或發生過的事情，因此受事焦點的動詞可以和'今天'、'昨天'等時間詞連用，但不能和'明天'等時間詞連用，試比較：

17a. pukun-an-na　ni　　tama　ya　　sunis <u>stangi</u>
　　　[打-PF-他　　屬格 父親　主格 小孩 今天]
　　　'今天父親打了小孩。'

　b. pukun-an-na　ni　　tama ya　　sunis <u>siRab</u>
　　　[打-PF-他　　屬格 父親 主格 小孩 昨天]
　　　'昨天父親打了小孩。'

---

34 例句16a-b出現在主語位置的事實上是一個空主要語關係子句(headless relative clause)，也就是說，例句16b的結構如下：

i.　kiya=ma　 a　　[$_{NP}$ e [$_{S}$ supaR-<u>an</u>-ku]]

其意義相當於國語的空主要語關係子句 '[$_{NP}$ [$_{S}$ 我知道的]e]很少'。

c.* pukun-an-na　ni　　tama　ya　　sunis　<u>temawaR</u>
[打-PF-他　　屬格 父親 主格 小孩 明天]

不過，表示未來時間的未來式寄生詞 pa 卻可以寄生到受事
焦點動詞上，例如：

18a.　Ramaz-<u>an</u>-na=<u>pa</u>　　　a　　　terel
　　　[煮-PF-他=未來式　　主格　　青菜]
　　　'他要煮那青菜。'

　　b.　quni-<u>an</u>-na=<u>pa</u>　　　　　m-atiw
　　　[怎樣-PF-他=未來式　　AF-去]
　　　'他要怎麼去呢？'

工具或受惠焦點

　　　在所有的焦點結構裡，工具/受惠焦點(Instrumental/
Benefactive focus，簡稱 B/IF)是最不常用的一個。工具/受惠
焦點是以工具或受惠者為句子的主語，動詞上的焦點標記為
前綴 ti-，例如：[35]

19a.　ti-kiras　ya　<u>saytu</u>　ni　　upa　tu　　'esi
　　　[IF-切　主格 菜刀　屬格 人名 受格 肉]

---

35 有些發音人會把前綴 ti 讀為[te]-，這可能是因為 ti-不在重音節位置，因此元
　音[i]弱化為輕央元音[e]。

'菜刀 upa 用來切肉。'

b. ti-sa'may ni   tama ti-tina

   [BF-煮   屬格 父親 類別詞-母親]

   '父親為母親煮飯。'

在例句 19a 裡，動詞 kiras（切）帶有工具/受惠焦點詞綴 ti- ，所以切肉的工具 saytu（菜刀）就被指定為主語；同樣地，在例句 19b 裡，動詞 sa'may（煮飯）也帶有工具/受惠焦點詞綴 ti- ，而'父親為母親煮飯'，母親是'煮飯'這個動作的受惠者，所以就充當本句的主語。

如何選用焦點

動詞的焦點通常是依據論元的有定性(definiteness)而變化的，根據 Holmer(1996:83-4)，焦點選用的一般的原則如下：

1、如果句子中只有一個有定名詞組，那麼該名詞組就必然
   充當句子的主語，例如：

20. t-em-ayta tu   tumay ya   sunis a yau stangi

   [看到-AF- 受格 熊   主格 小孩 那   剛剛]

   '那小孩剛剛看到一隻熊。'

在例句 20 裡，動詞 tayta（看到）有兩個論元，即客體

tumay（熊）和主事者 sunis a yau（那個小孩），但是因為
主事者'那個小孩'是句中唯一的有定名詞組，當然獲選為主
語，所以動詞'看到'用主事焦點形式 temayta。

2、如果兩個論元都是有定的名詞組，那麼談話的主題通常
　　會被優先選　為主語，例如：

21a. 甲問： mana　　mai　m-autu ti-abas　　　stangi
　　　　　　[為什麼　沒　AF-來　類別詞-人名　今天]
　　　　　　'abas 今天為什麼沒來？'

　b. 乙答： babar-an-na ni　　utay　ti-abas,
　　　　　　[揍-PF-他　屬格 人名　類別詞-人名
　　　　　　mai　nengi　a　　izip-na
　　　　　　不　好　　主格　身體-她的]
　　　　　　'abas 被 utay 揍了，她的身體不舒服。'

例句 21b 有兩個有定名詞組，分別是 abas 和 utay，不過由
於 abas 是甲乙談話的主題，所以 abas 當然優先獲選為句子
的主語。

3、如果兩個論元都是有定的，而且其中一個是名詞組，另
　　一個為代名詞，那麼就由名詞組擔任句子的主語，例
　　如：

22. ara-an-ku=ti　　　ya　　pakwayan-ku
　　[拿-PF-我=動貌　主格　太太-我的]
　　'我已經娶老婆了。'

在例句 22 裡，ku（我）和 pakwayan-ku（我的太太）都是
有定的名詞組，不過因為 ku 是代名詞而 pakwayan-ku 為名
詞組，所以就由 pakwayan-ku 擔任句子的主語。

4、如果兩個論元都是有定的，而且兩個都是代名詞，那麼
通常由受事者或客體充當主語，例如：

23a. pukun-an-na=ti=iku
　　　[打-PF-他=動貌=我]
　　　'他打了我。'

　b. rizaq-an-ku=isu
　　　[喜歡-PF-我=你]
　　　'我喜歡你。'

在例句 23 裡，論元都是由代名詞來扮演，不過句子的主語
都是由受事者(例句 23a 的 iku)或客體（例句 23b 的 isu）來
擔任。

5、如果有一個名詞組和一個代名詞,而且該名詞組為無定
　名詞組(indefinite NP),那麼主語通常就由代名詞來擔
　任,例如:

24a.　miruna=iku　　　m-amil　tu　　　qulus
　　　[擅長(AF)=我　AF-挑　受格　衣服]
　　　'我很會挑衣服。'

　b.　temawaR qataban,　m-'etung　aisu　tu　　babuy
　　　[明天　　　豐年祭　AF-殺　　　你　　受格 豬]
　　　'明天豐年祭,你有沒有殺豬?'

在例句 24 裡,qulus(衣服)和 babuy(豬)都是無定名詞
組,因此主語就由代名詞 iku(我)和 aisu(你)來擔任。

6、如果兩個論元都是無定名詞組,那麼通常由主事者擔任
主語,例如:

25.　q-em-an　　tu　　'may　　ya　　razat
　　　[吃-AF-　　受格 飯　　　主格　人
　　　q-em-an　tu　　suway　ya　　qabaw
　　　吃-AF-　受格 草　　　主格　牛]
　　　'人吃飯,牛吃草。'

例句 25 是一個事實的陳述，因此不管是 razat（人）、
qabaw（牛）或是 'may（飯）、suway（草）都沒有特定的
指涉，在這種情況下，就由動作的主事者 razat 和 qabaw 來
擔任主語了。

　　另外，有一點我們必須指出的是，如果一個疑問代詞
和一個有定名詞組一起出現，主語則由與疑問代詞同指涉的
名詞組擔任，而該名詞組通常是隱性的(covert)，例如：

26. <u>naquni ay</u>　　<u>tazungan</u> ngil-<u>an</u>-na　na　sunis-su,
　　[怎樣 關係詞 女孩　　愛-PF-他　屬格 小孩-你的]
　　satuwanay-an-ku=pa　ya　sunis-su
　　[作媒-PF-我=未來式　主格 小孩-你的]
　　'你兒子喜歡怎樣的女孩？我來幫他作媒。'

在例句 26 裡，雖然 sunis-su（你的小孩）是有定名詞而且是
談話的主題（因為是作媒的對象），但是句子的主語仍由與
疑問詞組 naquni ay　tazungan（怎樣的女孩）同指涉的隱性
名詞組來擔任，因此動詞 ngilan（愛）用受事焦點形式，而
不是用主事焦點。

　　同理，如果一個數量詞組和一個有定名詞組一起出
現，主語則由與該數量詞組同指涉的隱性名詞組擔任，例
如：

27. <u>u-zusa</u>　　<u>babuy</u> ni-'etung-<u>an</u>-niq

　　[類別詞-兩　豬　　動貌-殺-PF-我們]

　　'我們殺了兩頭豬。'

在例句 27 裡，雖然代名詞 niq（我們）是有定名詞而數量詞組 uzusa babuy（兩頭豬）不是有定名詞，但是句子的主語仍由與 uzusa babuy 同指涉的隱形名詞組來擔任，因此動詞 'etungan（殺）用受事焦點形式。

焦點與數量詞

　　數量詞和焦點有很密切的關係，而這種關係有兩種展現的方式：一種是數量詞本身有焦點的變化，例如：

28a. m-eniz　　m-Rasa tu　　sulal ya　　razat[36]

　　[AF-全部　AF-買　受格 書　主格 人]

　　'全部的人都買了書。'

---

36 主語 razat 和 sulal 也可以出現在數量詞和主要動詞之間，這也就是說，例句 28a 和 28b 分別可以說成 i 和 ii：

　i.　m-eniz　　　ya　　razat m-Rasa tu　　sulal

　　　[AF-全部　　主格 人　　AF-買 受格　書]

　　　'全部的人都買了書。'

　ii.　niz-an-na　　ya　　sulal m-Rasa

　　　[全部-PF-他 主格　書　　AF-買]

　　　'全部的書他都買走了。'

b. niz-an-na   m-Rasa   ya   sulal

[全部-PF-他　AF-買　主格　書]

'全部的書他都買走了。'

在例句 28 裡，數量詞'全部'會隨其所量化的對象而發生焦點變化：在 28a 裡，量化的對象'人'扮演主事者的角色，因此數量詞用主事焦點形式 meniz；在 28b 裡，量化的對象'書'扮演受事者的角色，因此數量詞用受事焦點形式 nizan。

　　同樣的情形也發生在量詞 kakia （一些）上，例如：

29. kakia-i-ka   m-Rasa   ya   terel

[一些-PF-祈使　AF-買　主格　蔬菜]

'買一些蔬菜！'

在例句 29 裡，數量詞所量化的對象 terel（蔬菜）為主要動詞 mRasa（買）的客體，因此數量詞用受事焦點的祈使句形式 kakia-ika。

　　另一種展現的方式是，數量詞本身並沒有焦點的變化，而是主要動詞的焦點配合數量詞變化，例如：[37]

---

37 如本章第一節第二小節「名詞組內的詞序」所述，mazmun 是用來修飾屬人 (human)的名詞，而 mwaza 則是用來修飾非屬人的名詞。

30a. mazmun ya   m-Rasa ay   tu   sulal

[很多   主格   AF-買 關係詞 受格 書]

'買書的人很多。' = '很多人都買了書。'

b. mwaza ya   ni-Rasa-an-na   tu   sulal

[很多   主格   動貌-買-PF-他   受格   書]

'他買的書很多。'

在例句 30a 裡，數量詞所量化的對象'人'扮演主事者的角色，因此主要動詞用主事焦點形式 mRasa；在 30b 裡，數量詞所量化的對象'書'扮演受事者的角色，因此主要動詞用受事焦點形式 Rasaan。

五、時式動貌系統

時式

　　噶瑪蘭語的時式可以分為未來式和非未未來式，其中非未未來式包含現在式和過去式。未來式通常是用寄生詞 pa 來標記，表示事情還沒發生或是說話者的意願，例如：

1a. quni=pa=isu[38]

---

38 在本文裡，我們把未來式標記 pa 分析為寄生詞(clitic)，主要的證據是 pa 對於宿主(host)的選擇不嚴格： pa 可以寄生到動詞（如i）、形容詞（或靜態動

　　　[去哪裡=未來式=你]

　　　'你要去哪裡？'

b.　qatiw=pa=iku　　ti-abuq-an

　　　[去=未來式=我　類別詞-人名-處所格]

　　　'我要去 abuq 家。'

2a.　qan=pa=isu　　　tu　niana

　　　[吃=未來式=你　受格　什麼]

　　　'你要吃什麼？'

b.　qan=pa=iku　　　tu　　tiRuR

　　　[吃=未來式=我　受格　蛋]

　　　'我要吃蛋。'

詞，如ii）、疑問詞（如iii）、數詞（如iv），甚至寄生到名詞（如v）：

i.　pukun=pa=iku　tu　sunis

　　[打=未來式=我　受格 小孩]

　　'我要打小孩。'

ii.　sa-puri=pa　　　ya　suway

　　[變-綠=未來式 主格 草]

　　'草會變綠。'

iii. mana=pa=isu　　　pukun tu　　sunis

　　[爲什麼=未來式=你　打　　受格 小孩]

　　　'你爲什麼要打小孩。'

iv. u-rima=pa　　sunis-ku

　　[五=未來式 小孩-我的]

　　　'我快要有五個小孩。'

v.　ti-abas=pa　　　　　　ya sunis

　　[類別詞-Abas=未來式 主格 小孩]

　　　'這小孩的名字要叫abas'

值得注意的是，在主事焦點結構裡，未來式的標記 pa 不能和主事焦點標記 m 連用；但在受事焦點結構裡，pa 卻可以跟受事焦點標記 an 連用，試比較：

3a. qan=<u>pa</u>=iku   tu   tiRuR
    [吃(AF)=未來式=我 受格 蛋]
    '我要吃蛋。'

  b.*q-<u>em</u>-an=<u>pa</u>=iku   tu   tiRuR
    [吃-AF=未來式=我 受格 蛋]

  c. qan-<u>an</u>-ku=<u>pa</u>   ya   tiRuR
    [吃-PF-我=未來式 主格 蛋]
    '蛋會被我吃掉。'

    pa 和附著代詞的排列次序也值得一提。如果附著代詞是主格，那麼 pa 就出現在該代詞之前，如例句 3a；如果附著代詞是屬格，那麼 pa 就出現在該代詞之後，如例句 3c。

    另外，表示或然性的寄生詞 qa 也可以用來標示未來式，表示事情似乎或大概要發生了，例如：

4a. qa=patay   ti-abas[39]

---

39 qa 和 pa 一樣，對於宿主的選擇也不嚴格，因此我們也把 qa 分析爲寄生詞。

[大概快要=死　類別詞-人名]

'abas 大概快要死了。'

b.　qa=uzan=ti

[大概快要=下雨=動貌]

'大概快要下雨了。'

c.　qa=ti-abas　　　　　a　nangan-su

[大概會=類別詞-abas　主格　名字-你的]

'你的名字大概會叫 abas。'

5a.　qa=tani=isu　　　　elan tazian

[大概會=多少=你　天　這裡]

'你大概會在這裡待幾天？'

b.　qa='nem=iku　　elan

[大概會=六=我　天]

'大概六天。'

　　雖然寄生詞 qa 也可以標示未來式，但基本上 qa 和 pa
是屬於不同的兩個範疇。因此，兩者可以共存，例如：

6. qa=raziw=pa=ti　　　　　　a　　bangel

[大概快要=過=未來式=動貌　主格　颱風]

'颱風大概快要過了。'

就語意而言，qa 所表達的語氣較 pa 不確定，通常意味著說

話者的推測，試比較：

7a. qa=uzan   temawaR
    [大概會=下雨　明天]
    '明天大概會下雨'

b. uzan=pa   temawaR
    [下雨=未來式　明天]
    '明天會下雨。'

在例句 7a 裡，說話者推測明天大概會下雨，所以動詞用表或然性的寄生詞 qa；相對的，在例句 7b 裡，說話者像是掌握氣象資料的天氣預報員，很有把握地推斷明天是個雨天，因此動詞用肯定的未來式標記 pa。

　　在句法分布上，qa 可以出現在意願動詞 ngil 之後，但 pa 卻不行，試比較：

8a. ngil=ti=isu   qa=supaR   tu　sikawaman na kebaran
    [要=動貌=你　大概快要=知道　受格　話語　屬格　噶瑪蘭]
    '你大概快要會噶瑪蘭話了。'

b. ngil=ti=isu   qa=taRaw,   kiya babasing=isu
    [要=動貌=你　　大概快要=生病　　所以　打噴嚏=你]
    '你大概快要感冒了，所以才會一直打噴嚏。'

9a.*ngil=ti=isu   supaR=<u>pa</u>   tu sikawaman na kebaran
　　[要=動貌=你 知道=未來式 受格 話語　　屬格 噶瑪蘭]

　b.*ngil=ti=isu   taRaw=<u>pa</u>,   kiya babasing=isu
　　[要=動貌=你 生病=未來式 所以 打噴嚏=你]

　　如果述語沒有 pa 或 qa 標示，那麼其時式就是非未來式。非未來式的表達方式包括以下幾種：

1、沒有標記

　　述語沒有標示 pa 或 qa 的主事焦點句，時式上屬於非未來式，例如：

10a. bisuR=ti=iku
　　　[飽(AF)=動貌=我]
　　　'我飽了。'

　b. bura=iku   tu   kerisiw ti-upa-an
　　　[給(AF)=我 受格 錢　　類別詞-人名-處所格]
　　　'我給 abas 錢。'

　c. supaR=iku   tu   sunis 'nay
　　　[知道(AF)=我 受格 小孩　那]
　　　'我認識那個小孩。'

例句 10a-b 的時式都不是未來式，而是已經發生的事。

2、　單獨用 m 標記

　　述語沒有標示 pa 或 qa 但標示 m 的主事焦點句，時式上也屬於非未來式，例如：

11a.　m-patay=ti ti-abas
　　　[AF-死=動貌　類別詞-人名]
　　　'abas 死了。'

　b.　m-uzan
　　　[AF-下雨]
　　　'正在下雨' 或 '下了雨了。'

12a.　p-um-ukun ti-abas　　　　tu　　sunis
　　　[打-AF-　　類別詞-人名　受格　小孩]
　　　'abas 在打小孩。' 或 'abas 打了小孩。'

　b.　q-em-an ti-utay　　　　tu　　Raaq
　　　[吃-AF-　類別詞-人名　受格　　酒]
　　　'utay 在喝酒。' 或 'utay 喝了酒。'

單獨用 m 標示的主事焦點句，其意義通常是模稜兩可：可以表示現在(進行)式，也可以表示過去式。如果要確切表達現在式或過去式，通常必須配合助動詞、動貌標記或時間

詞,例如:

13a.　<u>yau</u>　p-um-ukun　ti-abas　　　　tu　　sunis
　　　[在　打-AF-　　類別詞-人名　受格　小孩]
　　　'abas 在打小孩。'

　b.　<u>yau</u>　q-em-an　ti-utay　　　　　tu　　Raaq
　　　[在　吃-AF-　類別詞-人名　受格　酒]
　　　'utay 在喝酒。'

14a.　p-um-ukun=<u>ti</u>　ti-abas　　　　tu　　sunis
　　　[打-AF-=動貌　類別詞-人名　受格　小孩]
　　　'abas 打了小孩了。'

　b.　q-em-an=<u>ti</u>　　　ti-utay　　　　tu　　Raaq
　　　[吃-AF-=動貌　類別詞-人名　受格　酒]
　　　'utay 喝了酒了。'

15a.　p-um-ukun　ti-abas　　　　tu　　sunis　<u>siRab</u>
　　　[打-AF　　類別詞-人名　受格　小孩　昨天]
　　　'abas 昨天打了小孩。'

　b.　q-em-an　ti-utay　　　　tu　　Raaq　<u>siRab</u>
　　　[吃-AF-　類別詞-人名　受格　酒　昨天]
　　　'utay 昨天喝了酒。'

在例句 13 裡,主事焦點動詞搭配上助動詞 yau,就是表示
事情正在進行;在例句 14 和 15 裡,主事焦點動詞搭配上動

貌標記 ti 和時間詞 siRab（昨天），就是表示事情已經發生過了。

3、an 單獨標記

　　雖然標示受事焦點 an 的述語可以和未來式標記 pa 和 qa 連用，例如：

15a. qan-an-ku=pa　　　　ya　　　'may antangi
　　　[吃-PF-我=未來式　主格　飯　　等一下]
　　　'飯，我等一下要吃。'

　b. nianu　　qa=taqa-an-su　　　　timaikuan
　　　[什麼　　大概會=不要-PF-你　　我]
　　　'你為什麼會不要我呢？'

但是，如果單獨標記 an，則通常解釋為過去式，例如：

16a. qan-an-ku　ya　　'may
　　　[吃-PF-我　主格 飯]
　　　'飯我吃了。'

　b. Risa-an-na　ya　　Ritun
　　　[買-PF-他　　主格 車]
　　　'車子，他買了。'

例句 16a-b 所呈現的似乎都是過去的事件：16a 表示在過去的某個時間吃過了飯，16b 則表示在過去的某個時間買了車。

4、ti 單獨標記

單獨標記工具/受惠者焦點 ti 的動詞，其時式為過去式，例如：

17a. ti-kiras ni　　abas tu　　'esi　ya　　<u>saytu</u>
　　[IF-切　屬格 abas 受格 肉　　主格 菜刀]
　　'菜刀 abas 用來切肉。'

  b. ti-sa'may ni　　tama　<u>ti-tina</u>
　　[BF-煮　屬格 父親　類別詞-母親]
　　'<u>母親</u>，父親為她煮飯。'

綜合以上的討論，我們可以把噶瑪蘭語的時式系統整理如下：

表 4.4 噶瑪蘭語的時式系統

時式	動詞標記	語意	備註說明
未來式	pa=	要，會	可表時式，也可表意願
	qa=	大概會	推測

非未來式	m，-um- (AF)	在，了	
	-an (PF)	了	
	ti- (I/BF)	了	

動貌

噶瑪蘭語的動貌大致可分為五種，分述如下：

1、完成貌

完成貌表示動作已經完成、結束，最常用的標記是 ti，
例如：

18a.　q-em-an=ti=iku　　　'may
　　　[吃-AF-=動貌=我　飯]
　　　'我吃了飯了。'

　b.　m-uzis=ti=iku
　　　[AF-洗澡=動貌=我]
　　　'我洗了澡了。'

19a.　qan-an-ku=ti　　　ya　'may
　　　[吃-PF-我=動貌　主格 飯]
　　　'飯被我吃了。'

　b.　babar-an-na=ti　　ya　razat
　　　[揍-PF-他=動貌　主格 人]

'那人被他揍了。'

值得注意的是，完成貌標記 ti 和附著代詞的排列次序：ti 和未來式標記 pa 一樣，出現在主格附著代詞之前，如例句(18a-b)，但出現在屬格代詞之後，如例句(19a-b)。[40]

　　表達動作的完成、結束，也可以用動貌動詞 pun，例如：

---

40 ti 也和 pa 一樣，對於宿主的選擇並不嚴格，因此 ti 可以寄生到動詞（如）、否定詞（如i）、疑問詞（如ii）、形容詞（或靜態動詞，如iii），甚至寄生到名詞（如iv）：

i.　m-uRin=ti　　ya　sunis
　　[AF-哭=動貌 主格　小孩]
　　'那小孩哭了。'

ii.　mai=ti　　m-uRin ya　　sunis
　　[沒=動貌　AF-哭　主格　小孩]
　　'那小孩沒哭。'

iii.　tani=ti　　　a　　tasaw-su?
　　[多少=動貌　主格　年-你的]
　　'你幾歲了？'

iv.　nengi=ti
　　[好=動貌]
　　'好了。'

v.　ti-abas=ti　　　　　　nangan-na
　　[類別詞-人名=動貌　　名字-他的]
　　'他的名字叫abas了。'

基於此，我們也把 ti 分析為寄生詞。

20a.　pun=ti=iku　　　　q-em-an
　　　[完成=動貌=我　吃-AF]
　　　'我吃完飯了。'

　b.　pun=ti=iku　　　　m-uzis
　　　[完成=動貌=我　AF-洗澡]
　　　'我洗好澡了。'

受事焦點動詞的完成、結束除了可以用 ti 標示之外，在關係子句裡更常用的完成標記是前綴 ni 或中綴 n，例如：

21a.　siRab　ni-Rasa-an-su　　pururu　nengi qan-an
　　　[昨天　完成貌-買-PF-你　西瓜　好　吃-PF]
　　　'你昨天買的西瓜好吃嗎？'

　b.　temawaR qataban,
　　　[明天　　豐年祭

　　　u-zusa　　babuy ni-'etung-an-niq,　u-mautu q-em-an
　　　類別詞-兩 豬　　完成貌-殺-PF-我們 經驗貌-來 吃-AF]
　　　'明天豐年祭，我們殺了兩頭豬，（你）一定要來給我們請喔！'

22a.　Raya　s-n-angi-an-na　　ya　repaw zau
　　　[大　蓋-完成貌--PF-他　　房子 這]
　　　'他蓋的這棟房子很大。'

b. Rubatang t-n-ayta-ku　　　　stangi ya tazungan 'nay
[漂亮　看到-完成貌-(PF)-我 剛才　女孩　　　那]
'我剛才看到的那個女孩很漂亮。'

2、起始貌

　　噶瑪蘭語表達起始的意思可以有三種方式，　最常用的
方法是加動貌標記 ti，例如：

23a. sa-muray=ti　　　a　　　napas
[SA-開花=動貌　主格　莿桐花]
'莿桐花開了。'

　b. te-baRi=ti　　　a　　　ralas-niq
[TE-紅=動貌　主格 檳榔-我們的]
'我們的檳榔熟了。'

24a.　m-uzan=ti
[AF-下雨=動貌]
'下雨了。'

　b. sa-bari=ti
[SA-風=動貌]
'刮風了。'

值得注意的是，ti 這個寄生詞不但可以表達動作完成的意

思，同時也可以表達動作起始的意思，至於究竟 ti 出現的時候是那個意思，那就要看和 ti 連用的哪一種述語。如果和 ti 連用的是及物動態動詞，那麼 ti 通常是表達完成的意思，如例句 19。如果和 ti 連用的是不及物動詞，那麼 ti 通常是表達起始的意思，如例句 23-24；如果和 ti 連用的是及物靜態動詞，那麼 ti 通常也是表達起始的意思，例如：

25a. supaR=ti　　　　　ranas　'nay
　　　[知道=動貌(-他)　事　　那]
　　　'他知道那件事了。'

　b. mai=ti=iku　　　　tu　kerisiw
　　　[沒有=動貌=我　受格　錢]
　　　'我沒錢了。'

　　　第二種表達起始的方式是在動詞前加前綴 Ru，表示動作剛剛開始或剛剛要開始，例如：

26a.　Ru-uzan=pa=ti
　　　　[起始貌-下雨=未來式=動貌]
　　　　'要開始下雨了。'

　b.　Ru-qawiya　　　ya　sunis
　　　　[起始貌-離開　主格　小孩]
　　　　'小孩剛剛離開了。'

和 ti 不同的是，前綴 Ru 只可以接動詞原形，即和 Ru 連用的動詞不能有焦點變化。

還有表達起始的方式是採用動貌動詞 siangatu，例如：

27a. siangatu=pa=imi　　　qerawkaway
　　　[開始=未來式=我們　工作(AF)]
　　　'我們要開始工作了。'

　b. siangatu　sunis　'nay　s-um-ulal
　　　[開始　　小孩　那　寫字]
　　　'那小孩開始寫字了。'

3、進行貌

在噶瑪蘭語裡，動作的進行可以用主事焦點來表示，例如：

28a. p-<u>um</u>-ukun tu　　sunis　ya　　baqi
　　　[打-AF-　　受格 小孩　主格 老人]
　　　'那個<u>老人</u>在打小孩。'

　b. <u>m</u>-'etung tu　　teraquq ya　　tina-na
　　　[AF-殺　受格 雞　　　主格 母親-他的]
　　　'他的<u>母親</u>在殺雞。'

c. <u>babar</u>   ti-utay   timakuan
[揍(AF) 類別詞-人名 我（受詞）]
'utay <u>在</u>揍我。'

d. <u>basi</u>   tu   terel   ya   sunis
[洗(AF) 受格 蔬菜   主格 小孩]
'小孩<u>在</u>洗菜。'

但是如前面所說，如果句子只有標示主事焦點的動詞，沒有助動詞或時間詞，那麼句子的所要表達的意思可以是動作的進行，也可以是動作已經發生。如果要清楚表示動作的進行，最好的方法還是在動詞前加一個助動詞 yau，例如：

29a. <u>yau</u> p-um-ukun ti-abas   tu   sunis
[在   打-AF   類別詞-人名 受格 小孩]
'abas 正在打小孩。'

b. <u>yau</u> q-em-an ti-utay   tu   Raaq
[在   吃-AF-   類別詞-人名 受格 酒]
'utay 正在喝酒。'

4、持續貌/重複貌

在噶瑪蘭語裡，表達動作的持續和重複是靠動詞的重疊，例如：

30a. may-maynep ya　　　sunis 'nay

　　[持續貌-睡　主格　小孩　那]

　　'那個小孩一直睡。'

　b. si-kaw-kawma　tama-ku

　　[-持續貌-說　　父親-我的]

　　'我的父親一直講個不停。'

在某些情況下，動詞的重疊會引申爲「常常...」的意思，例如：

31a. t-em-an-tanan　　　　sunis-su　ni

　　[重複貌-AF-回來　小孩-你的 疑問助詞]

　　'你的小孩常常回來嗎？'

　b. m-ati-atiw=isu　　　ti-utay-an　　　　　　　ni

　　[AF-重複貌-去=你 類別詞-人名-處所格　疑問助詞]

　　'你常常去 utay 那邊嗎？'

5、經驗貌

　　在噶瑪蘭語裡，如果要表達曾經發生過或經歷過某一事件，通常是在動詞前加前綴 u，例如：

32a. u-m-uzan=ti

　　[經驗貌-AF-下雨=起始貌]

　　'下過雨了。'

　b. u-m-'etung=ti=isu 　　　　　 tu 　　 teraquq ni

　　[經驗貌-AF-殺=完成貌=你 受格 雞 　　　 疑問助詞]

　　'你殺過雞嗎？'

　　綜合以上的討論，我們可以把噶瑪蘭語的動貌系統整理如下：

表 4.5 噶瑪蘭語的動貌系統

動貌	表達方式	語意	備註說明
完成貌	=ti	了	後接動態動詞
	ni/-n-	了	限於受事焦點句
	pun	完成	動貌動詞
起始貌	=ti	了	接不及物動詞 接及物靜態動詞
	Ru-	剛剛(開始)	後接動詞原形
	siangatu	開始	
進行貌	m，-um-	在	主事焦點
	yau	正在	動貌動詞
持續/重複貌	重疊	一直/常常	
經驗貌	u-	過	

六、存在句結構

　　存在句是用來表示某一人事物存在於某一個地點，例如：

1a. yau　Riis　ta　　　rima-an-su
　　[在　蚊子　處所格　手-處所格-你的]
　　'有一隻蚊子在你手上。'

=b. yau　ta　　　rima-an-su　　　　Riis
　　[在　處所格　手-處所格-你的　蚊子]
　　'在你手上有一隻蚊子。'

2a. yau　quruqut　ta　　　babaw　na　qulus　ni　　buya
　　[在　蟲　　處所格上　　屬格　衣服　屬格　人名]
　　'有一隻蟲在 buya 的衣服上。'

=b. yau　ta　　　babaw　na　qulus　ni　buya　quruqut
　　[在　處所格　上　　屬格　衣服　屬格　人名　蟲]
　　'buya 的衣服上有一隻蟲。'

　　在例句 1-2 裡，yau 是一個表示存在的動詞，所以最先出現。yau 之後，可以接名詞組再接處所詞組，如例句 1-2a；也可以先接處所詞組，再接名詞組。這兩種詞序所表達的意思是一樣的，並沒有什麼差別。

　　存在是一個基礎的概念，因此在一般的語言裡，表達存在的動詞往往也可以表達其它相關的概念，如屬有、居

住，甚至動作的進行。這一點，噶瑪蘭語也不例外。噶瑪蘭語的存在動詞 yau 不但可以表達存在，也可以表達屬有，例如：

3a. <u>yau</u>　sunis-ku

　　[在　　小孩-我的]

　　'我有小孩。'

 b. <u>yau</u>　siqaR-ku

　　[在　　被子-我的]

　　'我有被子。'

 c. u-turu　　　betin <u>yau</u>　u-siq　　　tasaw-ku

　　[類別詞-三　十　　在　類別詞-一　　歲-我的]

　　'我今年三十一歲。'

 d. <u>yau</u>　ranas aiku　s-um-anu timaisuan

　　[在　　事　我　　告訴-AF 你]

　　'我有事跟你商量。'

也可以表達居住的意思，例如：

4a. yau=isu　　tanian lamu

　　[在=你　　哪裡　部落]

　　'你住哪裡？'

b. yau tazian aiku

[在 這裡 我]

'我住這裡。'

另外，yau 還可以充當助動詞，表示動作的進行，即「正在」的意思。如動貌一節所示。

七、祈使句結構

噶瑪蘭語的祈使句依焦點的不同，可以分為兩種，一種是受事者或處所焦點，標記為後綴 ika，例如：

1a. qan-ika   (ya) Raaq

[吃-祈使詞(PF) 主格 酒]

'酒，請喝酒！' 或 '請喝酒！'

b. 'etung-ika   (ya) tenayan

[殺-祈使詞(PF) 主格 竹子]

'竹子，請砍！' 或 '請砍竹子！'

另一種是主事焦點，標記為後綴 ka，例如：

2a. qan-ka   tu   Raaq

[吃-祈使詞(AF) 受格 酒]

‘喝酒！’

b. 'etung-ka   tu   tenayan

[殺-祈使詞(AF) 受格 竹子]

‘砍竹子！’

在祈使句裡，論元常常會省略。對於主事焦點，主事者永遠是主語，因此祈使句的語意很確定；但是，在受事者/處所焦點句裡，主語可能是受事者，也可能是處所(包含終點、原起點等)，因此一旦論元省略，句子的意思可能就會模稜兩可了。不過，就如前文所述，有定和主題名詞組是選用焦點的原則，所以受事者或處所焦點祈使句的語意仍可以清楚界定出來，試比較：

3a. sanu-ka

[告訴-祈使詞(AF)]

‘告訴(我)！’

 b. sanu-ika

[告訴-祈使詞(PF)]

‘請告訴他！’ 或 ‘(這件事)，告訴他！’

例句 3a 的語意很清楚，但例句 3b 就可能有兩種意思，一種是以第三者(終點)當主語，另一種是以某一特定的事情(受事者)當主語。不過，因為第三稱的第三者是有定的名詞組，

所以通常會被選為主語，因此 sanuika 通常是「請告訴他」
的意思。

　　ika 祈使句和 ka 祈使句除了焦點的差別之外，在語氣上
也有些不同：前者是較客氣的用法，很接近國語的祈使句
「請…」；後者的語氣則較直接，相當於命令的用法。

八、否定句結構

　　噶瑪蘭語的否定詞有四個，分述如下：

mai:「沒有」、「不」

　　mai 是一個否定動詞，它有兩種用法，一個是當「沒
有」用，可以後接受格名詞組，如例句 1a-b；也可以帶上
附著代詞、時式和動貌標記，如例句 1b-e：

1a. mai　<u>tu</u>　　qarelan
　　[沒有　受格　座位]
　　'沒有座位。'

　b. mai=<u>iku</u>　　<u>tu</u>　　kerisiw
　　[沒有=我　　受格　錢]
　　'我沒有錢。'

　c. mai=<u>pa</u>=iku　　tapawan-ku anuqaRabi
　　[不=未來式=我　　在家-我的　今天晚上]

'今天晚上我不在家。'

d. mai=<u>ti</u>　　　　bari
[沒有=起始貌　風]
'風停了。'

e. mai=<u>pama</u>　busuq　aiku
[沒有=還　　醉　　我]
'我還沒醉。'

mai 也可以後接動詞，而後接的動詞如果有焦點標記的話，mai 是當「沒有」用；如果後接的動詞以原形出現，那麼 mai 是當「不」用，試比較：

2a. mai=iku　q-<u>em</u>-an tu　　Raaq
[沒有=我　吃-AF　受格 酒]
'我<u>沒有</u>喝酒。'

 b. mai=iku qan　　tu　　Raaq
[不=我　　吃(AF)　受格 酒]
'我<u>不</u>喝酒。'

3a. mai=isu　<u>m</u>-atiw ta　　kasaw-an　　nasiRab
[沒有=我　　AF-去 處所格 長濱-處所格　昨天]
'我昨天<u>沒有</u>去長濱。'

 b. mana　　mai=isu　<u>q</u>atiw ta　　kasaw-an temawaR
[爲什麼　不=你　去(AF) 處所格 長濱-處所格 明天]

'你明天為什麼<u>不</u>去長濱呢？'

mai 和形容詞或靜態動詞連用時，其語意也是「不」的意思，例如：

4a. mai Rubatang

　　[不　漂亮]

　　'不漂亮'

 b. mai Riya

　　[不　大]

　　'不大。'

 c. mai nengi irip-ku

　　[不　好　　身體-我的]

　　'我身體不舒服。'

usa：「不是」

　　usa 相當於國語的「不是」，通常用來否定名詞組或句子，例如：

5a. usa=iku kebaran

　　[不是=我 噶瑪蘭人]

　　'我不是噶瑪蘭人。'

b. usa=iku　　mai　tu　　kerisiw
   [不是=我　沒有　受格　錢]
   '我不是沒有錢。'

usa 也可以用來強調或對比，通常緊接在其後的成份就是強調或對比的對象，例如：

6a. usa　　aiku　p-um-ukun tu　　sunis, ayzipna
    [不是　我　　打-AF　　受格 小孩　他]
    '不是我打小孩的，是他。'

 b. usa　　sunis pukun-an-ku, baqi
    [不是 小孩　打-PF-我　　老人]
    '我打的不是小孩，是老人。'

taqa「不要」、「不敢」

taqa 是意願的否定，相當於國語的「不要」，例如：

7a. taqa=iku qan tu　　Raaq
    [不要=我 吃　受格 酒]
    '我不要喝酒。'

 b. taqa=iku qatiw ta　　siamsiw-an　　anuqaRabi
    [不要=我 去　　處所格 大峰峰-處所格 今晚]
    '我今晚不要去大峰峰。'

c. taqa=isu   kuna q-em-an ni
   [不要=你   先   吃-AF- 疑問助詞]
   '你不先吃嗎?'

taqa 是一個動詞,因此其形式有焦點的變化:主事焦點用原形 taqa,而受事者或處所焦點用 taqaan,例如:

8a. <u>taqa</u>   aiku qan tu   Raaq
    [不要 我   吃 受格 酒]
    '我不要喝酒。'

 b. nianu qa-taqa-<u>an</u>-su   timaikuan
    [什麼   QA-不要-PF-你 我]
    '你為什麼會不要我?'

　　除了 taqa 之外,na'ay 也可以表達「不要」的意思,例如:

9. na'ay=iku qatiw ta   siamsiw-an   anuqaRabi
   [不要-我 去   處所格 大峰峰-處所格 今晚]
   '我今晚不要去大峰峰。'

　　在 taqa 之後,動詞通常用原形,如例句 7a-b;如果 taqa 後動詞有焦點變化,那麼這時 taqa 的意思就接近國語

「不敢」的意思，例如：

10a. taqa=iku m-'etung tu   teraquq
　　[不要=我　AF-殺　受格 雞]
　　'我不敢殺雞。'

　b. taqa　pukun-an-su ya　sunis
　　[不敢　打-PF-你　　主格 小孩]
　　'那個小孩你為什麼不敢打呢？'

naRin

　　naRin 是祈使句的否定詞，相當於國語的「別」，例如：

11a. naRin q-em-an tu　　Raaq
　　[別　　吃-AF 受格 酒]
　　'別喝酒！'

　b. naRin qan-an ya　Raaq
　　[別　　吃-PF 主格 酒]
　　'酒別喝！'

九、疑問句結構

　　疑問句有三種，一種為是非問句，一種是選擇問句，另一種是疑問詞問句。

是非問句

是非問句是指以肯定或否定回答的問句。噶瑪蘭語的是非問句有兩種表達方式:正規的方法是在句子裡加上是非疑問助詞 ni,而句尾語調不上揚;比較簡略的方法是稍微提升句尾的語調(約 33 調),但不加任何疑問標誌,例如:

1a. q-em-an=ti=isu   tu   'may <u>ni</u>

   [吃-AF=完成貌=你   受格 飯   疑問助詞]

   '你吃過飯了嗎?'

 a'. q-em-an=ti=isu   tu   'may ↗

   [吃-AF=完成貌=你   受格 飯]

   '你吃過飯了嗎?'

 b. q-em-an=ti=iku

   [吃-AF=完成貌=我]

   '我吃飽了。'

疑問助詞在句子裡的位置相當自由,它可以出現在句尾,如例句 1a;也可以出現在句中,如例句 2a,或是出現在句首,如例句 2b:

2a. q-em-an=ti=isu   <u>ni</u>   tu   'may

   [吃-AF=完成貌=你   疑問助詞 受格 飯]

'你吃過飯了嗎？'

b. <u>ni</u>　　　　q-em-an=ti=isu　　tu　　'may

[疑問助詞　吃-AF=完成貌=你　受格　飯]

'你吃過飯了嗎？'

選擇問句

選擇問句以選擇標記 uu 分開兩個選項，而選項可以是名詞、動詞，也可以是句子，例如：

3a. Rubatang aisu <u>uu</u>　ayzipna

[漂亮　　　你　還是 他]

'你漂亮還是他漂亮呢？'

b. ngil qan <u>uu</u>　taqa qan tu　Raaq aisu

[想要 吃 還是 不要 吃 受格 酒　你]

'你要還是不要喝酒呢？'

c. qatiw ti　　　abas <u>uu</u>　qatiw ti　　　upa

[去　類別詞 人名　還是 去　　類別詞 人名]

'abas 去呢還是 upa 去呢？'

疑問詞問句

疑問詞問句指的是用疑問代詞來表達疑問的問句，這種問句不能光是用肯定或否定來回答，而必須用具體的詞或

詞組來回答。以下我們就逐一來討論噶瑪蘭的疑問詞：

1、 tiana/tianu/tinu

　　tiana、tianu 和 tinu 都是「誰」的意思，並沒有什麼差別，不過因為其中以 tiana 最常用，所以討論時我們就以 tiana 為代表。

　　tiana 可以和各種焦點句型連用，通常出現在句首，充當句子訊息的重心，例如：

4a. <u>tiana</u>　p-um-ukun tu　　sunis
　　[誰　　打-AF-　　受格 小孩]
　　‘打小孩的是誰？’

 b. <u>tiana</u> pukun-an na　　sunis
　　[誰　　打-PF　　屬格 小孩]
　　‘被小孩打的是誰？’

如果 tiana 不是句子訊息的重心，那麼 tiana 也可放在句中，例如：

5. p-um-ukun　tu　　<u>tiana</u> ya　　sunis
　　[打-AF-　　受格 誰　　主格 小孩]
　　‘小孩打誰？’

另外，tiana 有一種特殊的用法，即：

6. <u>tiana</u>　nangan-su
　　[誰　　名字-你的]
　　'你叫什麼名字？'

在一般語言裡，問名字通常用「什麼」，例如國語問：「你叫*什麼*名字」，英文問："*What* is your name"。有趣的是，噶瑪蘭語卻用「誰」(tiana)而不用「什麼」(niana)問。

　　另外，tiana 和國語的「誰」和英文的 "who" 一樣，都有反點問句 (rhetorical question) 的用法，例如：

7. busuq-ti,　　tiana supaR
　　[醉-起始貌　誰　　知道]
　　'（大家）都醉了，誰知道（發生了什麼事）。'

在例句 7 裡，tiana supaR 雖然是肯定疑問詞問句的形式，但並不要求回答，其目的主要在表達否定的意思，即「沒有任何人知道」的意思。

　　tiana 的如果經重疊前兩個音節後（即 tiatiana），就完全喪失了疑問的功能，試比較：

8a. tiana   ngil-an-su
    [誰   想要-PF-你]
    '你想誰當選比較好？'

 b. tia-tiana   astaR
    [重疊貌-誰 同樣]
    '誰當選都一樣。'

2、 niana/nianu/ninu

　　和 tiana 的情形一樣，niana、nianu 和 ninu 等三個疑問
詞都是「什麼」的意思，在句法和語用上也沒有什麼差別，
不過其中以 niana 最為常見，因此我們就以 niana 為討論的
代表。

　　niana 通常和受事或處所焦點連用，扮演受事者的角
色，並出現在句首，充當句子的訊息重心，例如：

9a. niana sanu-an-na   stangi
    [什麼 講-PF-他   剛剛]
    '他剛剛講的是什麼？'

 b. niana ngil-an-su   qan
    [什麼 想要-PF-你 吃]
    '你想要吃的是什麼？'

niana 不和受事者/處所焦點連用通常僅限於下列的情況：首先，niana 當述語用，而主語是名詞組，例如：

10a. niana　zau

　　 [什麼　這]

　　 '這是什麼？'

　b. niana　wasu　'nay

　　 [什麼　狗　　那]

　　 '那隻狗是公的還是母的？'⁴¹

第二，niana 後接複雜名詞組(comlex noun phrase)，而附屬於該名詞組內的關係子句能允許不及物動詞標示主事焦點，例如：

11. niana-su t-um-ibuq　ay

　 [什麼-你 掉-AF-　　關係詞]

　 '掉下來的東西是你的什麼東西？'

在例句 11 裡，niana 是擔任述語的角色，其主語爲「掉下來的（東西）」整個複雜名詞組，其主要語省略，只留下關係

---

41 回答可以說：

　i. tama （公的）

　 ii. tina （母的）

子句和關係詞 ay。

最後，niana 不是句子的訊息重心，出現在句中，例如：

12. t-em-ayta   aisu tu   niana
    [看到-AF- 你   受格 什麼]
    '你看到什麼？'

另外，如果 niana 不是扮演及物動詞的受事者，但仍出現在句首，而且動詞帶上受事或處所焦點標記，那麼句子會衍生「爲什麼」的意思，例如：

13a. <u>nianu</u> qautu-an-su tazian
     [什麼 來-PF-你   這裡]
     '你爲什麼來這裡？'

  b. <u>nianu</u> qa-taqa-an-su   timaikuan
     [什麼 QA-不要-PF-你 我]
     '你爲什麼不要我？'

和 tiana 的情形一樣，niana 的重疊式 niania 也不是疑問詞，而是「任何東西」的意思，例如：

14a. me-rizaq aiku q-em-an tu <u>nia-niana</u>

[AF-喜歡 我 吃-AF 受格 重疊貌-什麼]

'我<u>什麼</u>都喜歡吃。'

b. mai m-aytis ti utay tu <u>nia-niana</u>

[不 AF-怕 類別詞 人名 受格 重疊貌-什麼]

'utay <u>什麼</u>都不怕。'

3、 tanian, quni, maqeni, pasani

tanian, quni, maqeni 和 pasani 等四個疑問詞都與處所或地方有關,不過在用法上有一些差異。

tanian 這個字是由處所格位 ta...an 和疑問助詞 ni 所組成,是表示定點處所的疑問詞,例如:

15a. tanian repaw-su

[哪裡 家-你]

'你家在哪裡?'

b. yau tanian q-em-an tu 'may

[在 哪裡 吃-AF 受格 飯]

'他在哪裡吃飯?'

c. yau=isu tanian binus

[在=你 哪裡 生活]

'你住哪裡?'

和 tanian 不同，quni 除了是處所疑問詞之外，還含有動詞「去」的意味，因此可以直接帶上時式和附著代詞，表達「去哪裡」的意思，例如：[42]

16a. quni=isu

[去哪裡=你]

'你去哪裡？'

b. quni=pa=isu

[去哪裡-未來式=你]

'你要去哪裡？'

maquni 這個疑問詞似乎是由表來源的 maq，加上處所疑問詞 quni 所構成。maquni 也是一個動詞，用來表達「從哪裡」的意思，例如：[43]

---

42 quni有一個用法是表示「沒關係」的意思。

43 maq表示來源，例證如下：

i. maq-miaoriq=iku m-autu

[從-苗栗-我　　AF-來]

'我從苗栗來。'

表來源的maq加上處所疑問詞quni之後，發生了一些音韻的變化：首先，兩個相同的輔音q經過「同音刪略」，只留下一個；接著，quni的第一個元音通常會弱化爲輕央元音e。因此，maq加quni的結果就成了maqeni。

17a. maquni=isu   m-autu[44]

　　[從哪裡=你　　AF-來]

　　'你從哪裡來的？'

　b. maquni=isu   razat

　　[從哪裡=你　人]

　　'你是哪裡人？'

　　和 maquni 相反的，pasani 所表達是「到哪裡去」的意思。這種差別似乎可以從字的組成成分看得出來：maquni 是由來源詞素 maq 加上處所疑問詞 quni(maq-quni)，而 pasani 則是由 pa 加上終點詞素 sa 和疑問助詞 ni 所形成的 (pa-sa-ni)（請參閱第三節第二小節格位標記系統相關的討論）。pasani 的意思和 quni 相近，不過如果單獨出現，quni 通常用來表示未來式，但是 pasani 通常用來表示已經發生的事，試比較：

18a. quni=isu

　　[去哪裡=你]

　　'你要去哪裡？'

44「從哪裡」也可以用動詞 nizi，例如：

　i. nizi=isu　m-autu

　　[從哪裡=你 AF-來]

　　'你從哪裡來的'

b. pasani=isu

[到哪裡去=你]

'你到哪裡去了？'

不過如果和時式詞素連用，兩者都可以表示未發生的事，例如：

19a. quni=pa=isu

[去哪裡=未來式=你]

'你要去哪裡？'

b. pasani=pa=isu

[到哪裡去=未來式=你]

'你要到哪裡去？'

另外，pasani 是一個動詞，因此有焦點的變化，例如：

20. pasani-an-su　　m-iung　kerisiw

[到哪裡去-PF-你　AF-用　錢]

'你錢都用到哪裡去了？'

4、 qumni：「什麼時候」

qumni 是表時間的疑問詞，可以出現在句首或句中，不

過以出現在句首較常見，例如：[45]

21a. m-autu=isu qumni

    [AF-來=你　什麼時候]

    '你什麼時候來的？'

  b. qumni=isu　　　m-autu

    [什麼時候=你　AF-來]

    '你什麼時候來的？'

5、qumuni/muni：「做什麼」

    qumuni 和 qumni 只差一個元音，但是意思截然不同，qumuni 是一個疑問動詞，表示「做什麼」的意思。qumuni 也可以簡單說成 muni，例如：

22a. qumuni=isu stangi

    [做什麼=你　現在]

    '你現在在做什麼？'

---

45 qumni這個字是一個不可分的整體，字中的-um-並不是表示主事者焦點，因此如果加上未來式標記-pa，um仍然保留，例如：

  i. qumni=pa=isu　　　qatiw

  [什麼時候=未來式=你 去]

  '你什麼時候要去？'

b. muni=isu　　　stangi

[做什麼=你　　現在]

'你現在在做什麼？'

6、 qunian/naquni：「怎麼樣」

qunian 和 naquni 是一個表樣貌、情狀的疑問詞，qunian 通常和動詞連用，而 naquni 通常和名詞一起出現，例如：

23a. quni-an-ku=pa　　　　m-atiw

[怎樣-PF-我=未來式　　AF-去]

'我要怎麼去？'

b. naquni ay　　　　tazungan ngil-an-na　　　na sunis-su,

[怎樣 關係詞 女孩　　想要-PF-他的 屬格 小孩-你的

satuwanay-an-ka　ya　　sunis-su

作媒人-PF-我要　主格 小孩-你的]

'你兒子喜歡怎樣的女孩？我來幫他作媒人。'

特別值得注意的是，qunian 本身就是一個帶受事者/處所焦點標記的動詞，因此和 qunian 連用的代名詞通常是屬格形式，而不是主格形式，試比較：

24a. qunian-<u>su</u>=pa   m-atiw

    [怎樣-你(屬格) =未來式   AF-去]

    '你要怎麼去呢？'

  b.*qunian-pa=<u>isu</u>   m-atiw

    [怎樣-未來式=你(主格) AF-去]

     另外，qunian 也可以當「怎麼辦」用，例如：

25. qunian=ti

    [怎樣=動貌]

    '怎麼辦呢？'

7、 mana：「為什麼」

    mana 是表原因、理由的疑問詞，通常出現在句首，例如：

26a. mana   saraq/tengen a   irip-su

    [為什麼 髒兮兮   主格 身體-你的]

    '你為什麼全身髒兮兮的？'

  b. mana   mai=isu tu   buqes

    [為什麼 沒有=你 受格 頭髮]

    '你為什麼沒有頭髮？'

c. mana=ti

　　[爲什麼=動貌]

　　'爲什麼呢？'

mana 出現在句首，除了可帶動貌標記（如例句 26c）之外，也可以承接附著代詞。不過 mana 只能承接主格附著代詞，不能承接屬格附著代詞，屬格附著代詞仍必須留在主要動詞上，試比較：

27a. mana=<u>isu</u>　　p-um-ukun tu　　sunis

　　[爲什麼=你 打-AF-　　受格 小孩]

　　'你爲什麼打小孩？'

　b. mana　　pukun-an-<u>su</u> ya　　sunis

　　[爲什麼　　打-PF-你　　主格 小孩]

　　'小孩爲什麼被你打呢？'

8、mayni：「哪個」

　　mayni 爲指示詞性的疑問代詞，通常搭配名詞使用，如例句 28a。不過，它也可以充當代名詞用，不和名詞連用，如 28b：

28a. mayni kaying a Rubatang
　　[哪個 小姐 主格 漂亮]
　　'比較漂亮的哪個小姐？'

 a. mayni ngil-an-su
　　[哪個 想要-PF-你]
　　'你要的是哪個？'

9 、 tani/utani/kintani：「多少」

　　tani、utani 和 kintani 都是表示數量的疑問代詞，不過在用法上有一些差異：kintani 只和屬人的名詞連用，tani 或 utani 則只和非屬人的名詞一起出現，試比較：

29a. kin-tani a sunis-su
　　[類別詞-多少 主格 小孩-你的]
　　'你有幾個小孩？'

 b. u-tani a kerisiw-su
　　[類別詞-多少 主格 錢-你的]
　　'你有多少錢？'

tani 前的類別詞 kin、u 和一般數詞前的類別詞功能和用法都一樣，都是用來區分屬人和非屬人的，這可以從例句 29a-b 的答句看得出來：

30a. kin-zusa

　　[類別詞-二]

　　'兩個。'

　b. u-zusa

　　[類別詞-二]

　　'兩塊。'

tani 通常出現在句首，並且可以帶上時式和動貌標記，例
如：

31a. tani=ṯi　　　a　　tasaw-su, baqi

　　[多少=動貌　主格　歲-你的　老婆婆]

　　'老婆婆，你幾歲了？'

　b. qa=tani=isu　　　elan　tazian

　　[大概會=多少=你　天　　這裡]

　　'你大概要在這裡待幾天？'

疑問詞問句的共同特色

　　就構詞而言，除了 tiana（誰）和 mana（為什麼）之
外，其餘的疑問詞都帶有 ni 的語根，而 ni 正是噶瑪蘭語的
疑問助詞（請參閱第一小節的討論）。

　　另外，從語用的觀點來看，疑問詞問句既然是問句，

那麼疑問詞所代表的就是新的訊息，是說話者、甚至聽話者也不知道的人事物。在噶瑪蘭語裡，表示新的訊息的成分通常最先出現，這也是為什麼絕大多數的疑問詞都出現在句首的原因。

十、複雜句結構

這一節我們所要討論的複雜句句型包括「連動結構」(serial verb contruction)、「樞紐結構」(pivotal construction)、「認知結構」(cognition construction)、「關係子結構」(relative construction)、「並列結構」(coordination construction)和「從屬連接結構」(subordination construction)等五種，現在分述如下：

連動結構

這裡所謂的連動結構是指由兩個或兩個以上動詞所組成的句子，而這兩個動詞有時間的先後關係，例如：

1a. me-rusit =ti　　q-em-an　tu　　'may　ayzipna
    [AF-去=完成貌　AF-吃　　受格　飯　　他]
    '他出去吃飯了。'

 b. tanan=pa=iku　　　q-em-an　tu　　'may　temawaR
    [回來=未來式=我　AF-吃　　受格　飯　　明天]

'我明天會回來吃飯。'

在 1a-b 這兩句裡，第一個動詞都是有方向性的動詞，merusit 表示動作遠離說話者，相當於國語的'出去'；tanan 表示動作朝向說話者，相當於國語的'回來'。第二個動詞則都是動作動詞，表示第一個動詞的後續動作。另外值得注意的是，連動式裡的時式、動貌標記只能出現在第一個動詞上，不能出現在第二個動詞上，試比較：

2a.*me-rusit q-em-an=ti tu 'may ayzipna
　　[AF-去　AF-吃=完成貌 受格　飯　　他]
 b.*tanan=iku qan=pa tu 'may temawaR
　　[回來=我　吃=未來式　受格　飯　明天]

樞紐結構

　　樞紐結構由兩個動詞所組成，這兩個動詞共同擁有一個論元，而這個論元扮演兩個角色：它不但是第一個動詞的受事者，同時也是第二個動詞的主事者。例如：

3. ayzipna t-um-ul timaiku sarakiyaw
　　[他　　　教-AF　我　　跳舞(AF)]
　　'他教我跳舞。'

在 3 的例句裡，timaiku（我）不但是第一個動詞 tumul
（教）的受事者，同時也是 sarakiyaw（跳舞）的主事者。3
的例句也可以說成 4，也就是把 timaiku 放在第二個動詞之
後：

4. ayzipna　t-um-ul　sarakiyaw　<u>timaiku</u>

　　[他　　　教-AF　跳舞(AF)　我]

　　'他教我跳舞。'

另外，樞紐結構和連動結構一樣，只有第一個動詞才能帶動
貌標記，試比較：

5a.　ayzipna　t-um-ul=ti　　timaiku　sarakiyaw

　　　[他　　　教-AF=動貌　我　　　跳舞(AF)]

　　　'他教了我跳舞。'

　b.* ayzipna　　t-um-ul　timaiku　sarakiyaw=ti

　　　[他　　　教-AF　我　　　跳舞(AF) =動貌]

認知結構

　　　認知結構由認知動詞（如 '相信'）和附屬子句構成，例
如：

6. kasianem=iku tu   qautu-an-na temawaR

[相信(AF) =我 受格 來-PF-他   明天]

'我相信他明天會來。'

關係結構

其它大部份的台灣南島語一樣，噶瑪蘭語的關係結構通常也只有主語名詞組才能充當關係結構的主要語。而在前面的章節我們已經提過，主語必須和焦點一致，因此關係結構的形成就受到焦點所制約，也因而下列的(7a-b)雖然動詞詞根一樣，但是由於焦點標記不同，所以句子的語意也隨之變化：

7a. mwaza'may 【qan-an na   sunis】

[多 飯   吃-PF 屬格 小孩]

'小孩吃的飯很多'

 b. mazmum sunis 【q-em-an tu   'may】

[多   小孩 吃-AF 受格 飯]

'吃飯的小孩很多'

在 7a-b 的關係結構（粗黑括弧者）裡，動詞都是「吃」，但是兩句的焦點不同：7a 為受事者焦點而 7b 為主事焦點。受事者焦點句以受事者為主語，而這個主語充當關係子句的主要語，因此 7a 指的是小孩吃的東西多而不是吃東西的小

孩多；相反地，主事焦點句以主事者爲主語，因此 7b 指的
是吃的小孩多而不是小孩吃的東西多。

　　噶瑪蘭語關係結構和主要語的詞序相當自由，關係結
構可以出現在主要語之前，也可以出現在主要語之後，例
如：

8a. m-autu=ti　　　ngil qan tu　　qawpiR sunis 'nay
　　[AF-來=動貌　想要 吃　受格 地瓜　小孩　那]
　　'想要吃地瓜那個小孩來了。'

=b. m-autu=ti　　　sunis 'nay ngil qan tu　　qawpiR
　　[AF-來=動貌　小孩　那 想要 吃　受格 地瓜]
　　'想要吃地瓜那個小孩來了。'

9a. m-autu=ti　　　ni-qaRat-an na　　wasu sunis 'nay
　　[AF-來=動貌　動貌-咬-PF 屬格 狗　小孩　那]
　　'被狗咬的那個小孩來了。'

=b. m-autu=ti　　　sunis 'nay ni-qaRat-an na　　wasu
　　[AF-來=動貌　小孩　那 動貌-咬-PF 屬格 狗]
　　'被狗咬的那個小孩來了。'

在例句 8-9 裡，劃底線的部分就是關係結構，這個部分可以
出現在主要語'那個小孩'之前，如 8-9a 所示；也可出現在
'那個小孩'之後，如 8-9b 所示。

　　除此之外，噶瑪蘭語還有另一種表達關係結構的方

式，就是在關係結構和主要語之間、或是在關係結構的主要
動詞上加一個關係詞 ay，例如：

10a. me-rizaq=iku tu [m-Ramaz tu tamun]-<u>ay</u> tazungan
    [AF-喜歡=我 受格 AF-煮 受格 菜-關係詞 女人]
    '我喜歡正在煮的那個女人。'

  b. q-em-an=iku tu [ni-paruma-an na abas]-<u>ay</u> benina
    [吃-AF=我 受格動貌-種-PF 屬格 人名-關係詞 香蕉]
    '我正在吃 abas 種的香蕉。'

11a. me-rizaq=iku tu [m-Ramaz-<u>ay</u> tu tamun]tazungan
    [AF-喜歡=我 受格 AF-煮-關係詞 受格 菜 女人]
    '我喜歡正在煮菜的那個女人。'

  b. q-em-an=iku tu [ni-paruma-an-<u>ay</u> na abas] benina
    [吃-AF=我 受格動貌-種-PF-關係詞 屬格 人名 香蕉]
    '我正在吃 abas 種的香蕉。'

並列結構

　　噶瑪蘭語的並列連接詞有兩個，即 uu 和 tu。uu 的意思
相當於國語的'或者'，例如：

12a. qatiw aisu <u>uu</u> mai qatiw aisu
    [去 你 或者 不 去 你]
    '你去還是不去呢？'

b. Rubatang　aisu　<u>uu</u>　ayzipna
　　[漂亮　　　你　　或者 他]
　　'你或者他漂亮呢？'

c. ngil=isu qan tu　　'esi　<u>uu</u>　tamun
　　[要=你　吃　受格 肉　　或者 菜]
　　'你要吃肉或是菜呢？'

d. me-rizaq　uu　m-ipes　　tu　　tama-su
　　[AF-喜歡　或　AF-討厭　受格 爸爸-你的]
　　'你喜歡還是討厭你的爸爸呢？'

用 uu 所並列的詞組相當自由，並沒有特別的限制，可以是句子（如 12a）、名詞組（如 12b-c），也可是動詞，如 12d。

而 tu 意思相當於國語的'和'，例如：

13a. yau=iku　q-em-an tu　　qawpiR <u>tu</u> sbata
　　　[正在=我　吃-AF　受格 地瓜　　和　芋頭]
　　　'我正在吃地瓜和芋頭。'

b. tul-an-na　ti　　　abas <u>tu</u> ti　　　upa sateza'i
　　[教-PF-他 分類詞 人名 和 分類詞 人名 唱歌]
　　'他教 abas 和 upa 唱歌。'

值得一提的是，並列詞 tu 和受格標記 tu 的語音型態完全一

樣，這究竟是巧合或是有什麼語言道理在裡面，值得進一步
研究。另外，在目前我們所收集的語料裡，並列詞 tu 和並
列詞 u:不同，在分布上比較受限，通常只用來連接名詞
組。至於句子和動詞（組），通常都沒有標記，例如：

14a.　ti　　　　Rungay meruna sateza'i, meruna sarakiyaw
　　　[分類詞 人名　　擅長　　唱歌　　擅長　　跳舞]
　　　'Rungay 既會唱歌又會跳舞。'

　b.　Rubatang sunis　zau, mesanem uRu-na
　　　[漂亮　　小孩　這　聰明　　頭-他的]
　　　'這個小孩既漂亮又聰明。'

從屬連接結構

　　從屬連接結構由兩個句子所構成，其中一個是從屬子
句，另一個是主要子句。從屬子句有從屬連接詞，主要子句
也有主要句連接詞，兩者可以共存，也可以只出現一個。噶
瑪蘭語主要的從屬連接結構有個五個連接詞，現在我們分述
如下：

1. kawiseni（雖然...但是）

　　kawiseni 通常出現在句首，用以引領整個從屬子句，
例如：

15a. <u>kawiseni</u> baqian-ti ayzipna, wi-pama ta-nawnawng-an
[雖然 老-動貌 他 那邊-仍然 處所-山上-處所
karawqawai
工作]
'他雖然已經很老了，但是他仍然到山上工作。'

b. <u>kawiseni</u> me-taRaw, qatiw=pa=iku sasaqay
[雖然 AF-生病 去=未來式=我 玩]
'雖然不舒服，我還是要去玩。'

2. Rakana/Ranaw （因爲...所以）

Rakana/Ranaw 的意思相當於國語的'所以'，通常出現在結果子句的句首，例如：

16a. k-um-urikur tu rana na baqibayi
[遵照-AF 受格 習俗 屬格 祖先
<u>Rakana</u> rarikil=imi
所以 海饗=我們]
'遵照祖先的習俗，所以我們做海饗。'

b. naquni a ranas-na kiya, <u>Ranaw/Rakana</u> mai m-utu
[怎樣 主格 事-他的 大概 所以 沒 AF-來]
'他大概怎麼了，所以才都沒來。'

c. niana a ranas-na kiya, <u>Ranaw/Rakana</u> mai m-autu
　[什麼 主格 事-他的 大概 所以 　　　沒 AF-來]
　'他大概是有事，所以才沒來。'

不過有時句子都沒有標記，也可以表達'因為…所以'的意思，例如：

17. tiana ya qenananam-na kiya, miruna m-autu
　[誰 主格 朋友-他的 　大概 擅長 AF-來]
　'他大概喜歡上誰了，所以才常常來。'

3. anu/si （如果）

　'如果'有兩種表達方法，一種是用 anu，一種是用 si。anu 和 si 的分布不同，**anu 通常**出現在句首，例如：

18. <u>anu</u> sateza'i aisu, sateza'i aiku
　[如果 唱歌 　你 唱歌 我]
　'如果你唱我就跟著唱。'

而 si 則通常出現在句尾，例如：

19a. na-qun-quni-isu   si,   naRin   kirim   timaikuan
    [NA-重疊貌-怎樣-你   SI   別   找   我]
    '如果你怎樣了，別來找我。'

  b. na-quni   si,   qatiw-ka   paising
    [NA-怎樣   SI   去-祈使   看醫生]
    '如果你怎樣了，就去看醫生。'

  c. mana   t-em-anan=isu si,   naRin   k-em-irim   timayku/an
    [爲什麼 回來-AF=你   SI   別   找-AF   我]
    '如果你爲了什麼回來，別來找我。'

  d. tanian tayta-an-su ayzipna   si,   paringwa=iku=ti
    [哪裡 看-PF-你   他   SI   打電話=我=動貌]
    '你要是在哪裡看到他，就叫他打電話給我。'

  e. qumni mai=isu tu   kerisiw si,   riway-ka   timaikuan
    [何時 沒=你   受格 錢   SI   借-祈使   我]
    '如果你沒錢，就來跟我借。'

  f. yau tiana rarat si,   parana-i-ka
    [有 誰   人   SI   等-PF-祈使]
    '誰來就叫他等一下。'

  g. niana   ngil-an-su   si,   ara-i-ka
    [什麼   要-PF-你   SI   拿-PF-祈使]
    '你要什麼就拿去。'

  h. nayau ka   si   kuna=pa=iku   Raw
    [那樣   KA SI 先=未來式=我 句尾助詞]

'如果那樣，那我就先走了。'

i. temawaR rarikil, maqenu tanan-ka, mai=isu t-em-anan <u>si</u>,
[明天　　海饗　　一定　回來-祈使　沒=你　回來-AF　SI

pakwal　timaisuan
罰　　　你]

'明天海饗你一定要回來，如果你沒回來，你就會
被罰。'

j. mai m-uran　　<u>si</u>, Ringu=ita　m-eruma tu　　mais
[沒 AF-下雨 SI 無法=咱們　AF-種 受格 玉米]

'如果沒有下雨，咱們玉米就無法種了。'

另外，anu 和 si 也可一起出現，同表'如果'的意思，例如：

20a. <u>anu</u>　yau kerawqawai ta-tazung-an　　　　　<u>si</u>,
[如果 有 工作　　　處所格-台中-處所格　SI

qatiw=isu　kerawqawai ni
去=你　　　工作　　　　疑問助詞]

'如果台中有工作，你會去嗎？'

b. <u>anu</u>　　mai=isu tu　kerisiw <u>si</u>, riway-ka　timaikuan
[如果 沒=你　受格 錢　SI 借-祈使　我]

'如果你沒錢，就來跟我借。'

c. <u>anu</u>　alam=iku <u>si</u>, supaR=iku t-em-anbaseR
[如果 鳥=我　SI 知道=我　　飛-AF]

'如果我是鳥，我就會飛了。'

值得注意的是，anu...si 也可以用來表達與現在事實相反的假設句，如 20c。

4. ...si/nani（當…的時候）

表達'當…的時候'有兩種方式，一種是用...si，例如：

21a.　m-autu=iku　nasiRab si,　mai=isu tapawan
　　　[AF-來=我　昨天　　SI　不=你　在家]
　　　'昨天我來的時候，你剛好不在家。'

　b.　qerumai m-rarikil　si, mai=isu qautu ni
　　　[明年　AF-海饗 SI 不=你　來　　疑問助詞]
　　　'明年海饗你不要來嗎？'

　c.　qeniqian-su si,　m-arel　tu　　Rikuki ni
　　　[　　-你　SI　AF-坐　受格 飛機　疑問助詞]
　　　'你小的時候坐過飛機嗎？'

另一種表達'當…的時候'是用...nani，例如：

22a.　q-em-an tu　　'may aisu　nani,　uzis=pa=iku
　　　[吃-AF 受格 飯　　你　　NANI 洗澡=未來式=我]

'你吃飯的時候，我要去洗澡。'

b. patay tina-ku　　nani,　mai=iku　tapawan

[死　母親-我的 NANI 沒有=我　在家]

'我媽媽死的時候，我不在家。'

5. awka （在…之後，才…）

awka的意思相當於國語的'在…之後，才…'，通常出現在後續句子的句首，例如：

23a. q-em-an tu　　Raaq,awka=isu supaR sikawma　tu

[吃-AF 受格 酒　才=你　　知道　講　　受格

rana　kebaran

話　噶瑪蘭]

'喝了酒你才會講噶瑪蘭的話。'

b.　pun-ta　　q-em-an tu 'may, awka=ita q-em-an　tu　Raaq

[完-咱們 吃-AF 受格 飯　才=咱們　吃-AF　　受格 酒]

'吃飽飯才喝酒。'

c.　naRin sumuRab m-aynep, pun=ti　　q-em-an　nani

[別　早上　　AF-睡　完=動貌 吃-AF　NANI

awka　m-aynep

才　　AF-睡]

'早上不要睡覺，吃飽飯才睡。'

值得注意的是，awka 可以帶上附著代名詞，如例句 23a-b
所示。

綜合以上的討論，噶瑪蘭語的從屬連接詞及其分布、
句法特性可以整理如下：

表 4.6　噶瑪蘭語的從屬連接詞

噶瑪蘭語	漢義	分布	允許代詞附著
kawiseni..,.	雖然…但是	句首	不可以
..., Ranaw/Rakana	因為…所以	句首	不可以
anu...si,.../anu...,/...si,	如果	句首/句末	不可以
...si, /...nani,	當…的時候	句末	不可以
..., awka....	在…之後，才…	句首	可以

第 **5** 章

噶瑪蘭語傳說歌謠會話集

一、qunipaisu 你要去哪裡？

這首歌由樟原潘嫦娥(ti upa)女士、陳鄭妹(ti Rungay)女士主
唱（根據潘嫦娥和陳鄭妹女士的解說，這首歌是晚近噶瑪蘭
年輕人自己編唱的曲子，主要在述說男女之間的戀愛故事，
歌詞裡的 qaqa 並不真是「哥哥」，而是男朋友的暱稱）。

quni=pa=isu
哪裡=要=你
'你要去哪裡？'

sasaqay=pa=iku   ta=paw-an-su   anuqaRabi
玩=要=我   處所格-家--你   今天晚上
'我今天晚上要去你家玩，'

parana   aiku   ta=pawan-su
等   我   處所格-家-你
'你在家等我。'

ma'i aisu, Raw   qaqa

沒有 你   RAW 哥哥

'阿哥，你沒有(真的來)，'

nianu qa-taqa-an-su   timaikuan, Raw qaqa

什麼   QA-不要-PF-你 我   RAW 哥哥

'阿哥，你爲什麼不要我。'

二、mai tu kaying 沒有小姐

這首歌由樟原潘嬋娥(ti upa)女士、陳武帶(ti utay)先生、陳鄭妹(ti Rungay)女士主唱（這首歌是開玩笑的歌，主要在諷刺噶瑪蘭族因爲男多女少，男生對於女生渴求的窘態）。

kebaran, mai   tu   kay-kaying[46]

噶瑪蘭 沒有 受格 小姐

'噶瑪蘭族沒有小姐，'

kaying na   busus   m-autu s-em-asaqay

小姐   屬格 閩南人 AF-來   玩-AF

'閩南人的小姐來玩，'

tantanur-an-ku

追-PF-我

'我追，'

---

46 kaying是Amis的話，Kavalan的小姐叫tazungan。

sin-sinngut-an-ku　qena-rapan-na

聞-PF-我　　　　　印-腳-她的

'聞她的腳印，'

nianu　su-sukir timaikuan

什麼　不理　我

'她為什麼不理我呢？'

三、日常會話

以下會話由樟原潘阿春女士(ti abuq)、潘都耀先生(ti tuyaw)、潘嫦娥女士(ti upa) 主講

1a.　quni=pa=isu

　　[哪裡=未來式=你]

　　'你要去哪裡？'

　b.　qatiw=pa=iku　　sa-kasaw-an

　　[去=未來式=我　終點-長濱-]

　　'我要去長濱。'

2a.　maqen=isu razat

　　[從=你　　人]

　　'你是哪裡人？'

　b.　niri=iku ta-miaoriq-an

　　[從=我　　處所格-苗栗-]

　　'我是苗栗人。'

3a. niana yau

　　[什麼　那]

　　'那是什麼？'

 b. qasup　a　　'nay

　　[加速樹 主格 那]

　　'那是加速樹。'

4a. qan=pa=isu　　　tu　niana

　　[吃=未來式=你 受格 什麼]

　　'你要吃什麼？'

 a'. niana ngil-an-su　qan

　　[什麼　想要-PF-你　吃]

　　'你想要吃什麼？'

 b. ngil=iku qan tu　　puri-ay

　　[想要=我 吃 受格　綠色-補語連詞]

　　'我想要吃青菜。'

5a. tiana aisu

　　[誰　你]

　　'你是誰？'

 a'. tiana nangan-su

　　[誰　名字-你的]

　　'你叫什麼名字？'

b. ti-sauRu=iku

[類別詞-人名=我]

'我叫 sauRu。'

6a. m-autu=isu qumni

[AF-來=你 什麼時候]

'你什麼時候來的？'

a'. qumni=isu m-autu

[什麼時候=你 AF-來]

'你什麼時候來的？'

b. siRab=iku m-autu

[昨天=我 AF-來]

'我昨天來的。'

7a. qumni=isu m-atiw sa-kasaw-an

[什麼時候=你 AF-去 終點-長濱-]

'你什麼時候去長濱的？'

b. siRab=iku m-atiw

[昨天=我 AF-去]

'我昨天去的。'

8a. mana saraq/tengen a irip-su

[為什麼 髒ㄅㄅ 主格 身體-你的]

'你為什麼全身髒ㄅㄅ的？'

b. t-um-ibuq=iku ta-iRuR-an

[掉-AF=我　　處所格-河流-]

'我掉到河裡'

9a. mana　　mai　tu　　buqes

[為什麼 沒有 受格 頭髮]

'他為什麼沒有頭髮？'

b. ita

'不知道'

10a. qunian-su=pa　　　　m-atiw

[怎樣-你=未來式 AF-去]

'你要怎麼去？'

b. kayzuan=pa=iku　　tu　　Ritun

[坐=未來式=我　　受格 車]

'我要坐車去。'

11a. kin-tani　　　　a　sunis-su

[類別詞-多少 主格 小孩=你的]

'你有幾個小孩？'

b. paqnan ma usiq a　　susis-ku

[只有　　一　主格 小孩-我的]

'我只有一個小孩。'

12a. tani　　a　　kerisiw-su

[多少　主格 錢-你的]

'你有多少錢？'

b. meRasibu-ti ma

[一百-動貌 只有]

‘我只剩一百元’

13a. mayni　kaying　a　　Rubatang

　　[哪一個 小姐　主格 漂亮]

　　‘哪一個小姐比較漂亮？’

　b. ibabaw ya　　Rubatang

　　[高　　主格 漂亮]

　　‘高的那個比較漂亮’

14a. muni=isu　　stangi

　　[做什麼=你　現在]

　　‘你現在在做什麼？’

　b. q-em-al=iku tu　　rasung

　　[挖-AF=我　受格 井]

　　‘我在挖井。’

15a. mana　　mai=isu m-autu　siRab

　　[為什麼 沒=你　AF-來　昨天]

　　‘你昨天為什麼沒來？‘

　b. mai　nengi irip-ku

　　[不　好　身體=我的]

　　‘因為我身體不舒服。’

16a. baqi,　　tani=ti　　a　　tasaw-su

　　[老婆婆　多少=動貌 主格 歲=你的]

　　‘老婆婆，你幾歲了？’

b. unem tibetin nani yau uturu a   tasaw-ku

  [六 十   還 有 三 主格 歲-我的]

  '我六十三歲。'

17a. sinapawan=ti=isu

    [結婚=動貌=你]

    '你結婚了沒？'

b. ara-an-ku=ti   pakwayan-ku, yau a   sunis

  [拿-PF-我=動貌   太太-我的   有 主格 小孩]

  '我結婚了，而且有小孩了。'

18a. supaR=isu tu   sikawman na   kebaran

    [知道=你 受格 話   屬格 噶瑪蘭]

    '你懂噶瑪蘭話嗎？'

b. kiya   ma   spaR-an-ku

  [一點點 只有 知道-PF-我]

  '我只知道一點點。'

b'. alungay spaR-an-ku

    [多少   知道-PF-我]

    '我多少知道一些。'

b". kitut spaR-an-ku

    [小   知道-PF-我]

    '我知道的很少。'

第 6 章

噶瑪蘭語基本詞彙表

【國語】	【英語】	【噶瑪蘭語】
一	one	'siq [47]
一百	one hundred	meRasibu
七	seven	pitu
九	nine	siwa
二	two	zusa
人	person	razat
八	eight	waru
十	ten	betin
三	three	turu
下面	below, beneath	rebeng
上面	above, up	babaw
口水	saliva	tiRpes
大的	big	Riya
大腿	thigh	benariyan

---

[47]如果與非屬人名詞連用，數量詞需加前綴u-，如果與屬人名詞連用則加前綴 kin-。

女人	woman	tazungan
小的	small	tatunman
小孩	child	sunis
小腿	leg	butis
山	mountain	na'ung
山豬	wild pig	babuy na na'ung
山雞,雉	pheasant	tubuq
弓	bow	pani
弓弦	bowstring	imetan
五	five	rima
六	six	'nem
切	cut	kemiras
		semiwa (切肉)
天	sky	elan
太陽	sun	sezang
心	heart	anem
手	hand	rima
手肘	elbow	siku
月	month	saburan
月亮	moon	buran
木柴	wood	paRin
水	water	ranum
水蛭	leech	pisuR

火	fire	Ramaz
父親	father (reference)	tama
牙齒	tooth	bungRaw
兄姊	older sibling	qaqa
去	go	matiw
右邊	right	kawan
四	four	sepat
左邊	left	kawiri
打	hit	pumukun (用棍子)
		barar (用手，搓)
打喝欠	yawn	karasuwab
打開	open	temangan
打雷	thunder	rengreng
打嗝	belch	surukan
打穀	thresh	qemawas
打獵	hunt	semaraw
母親	mother (reference)	tina
甘蔗	Sugarcane	tebus
生的	raw	mati (菜肴)
		puri (植物)
田	farm, field	zena　（水田）
		bawbi' （旱田）
田鼠	rat	mutun

甲狀腺腫	goiter	ruren
白天	day	teRi
皮膚	skin	rubung
石	stone	batu
名字	name	nangan
吃	eat	qeman
回答	answer	busengir
地	earth	menanay
多少	how many	tani
好的	good	nengi
尖的	sharp	marututumis
年	year	tasaw
死的	dead	patay
灰塵	dust	ramuq
灰燼	ashes	ibu
竹子	bamboo	tenayan
竹筍	sprout, bamboo shoot	nunay
米	husked rice	beRas
羊	goat, sheep	qeruburan
耳朵	ear	kayar
肉	flesh	'esi
肋骨	ribs	teqiyaR (qiyaR)
臼	mortar	ingsung

血	blood	Rirang
血管	vein	uRat
衣服	clothes	qulus
作夢	dream	mRaputuy
你	you (sg)	aisu
你們	you（pl.）	aimu
冷的	cold	tupus
吹	blow	sumiyup
		cf. pumi'uq (吹喇叭)
吸	suck	sumisep
坐	sit	marel
屁	fart	etur
尿	urine	su'um
弟妹	younger sibling	suwani
我	I	aiku
我們	we（exclusive）	aimi
抓	scratch	qumusqus
村莊，部落	village, tribe	lamu
男人	man	Runanay
肝	liver	puranengiritang
肚子,腹	belly	beres
芋頭	taro	sebata
走	walk	semaqay

那個	that	wi'u
乳房	breasts	sisu
來	come	mautu
呼吸	breathe	sumengar
夜晚	night	qaRabi
		tuRabi (半夜)
拍	peck, tap	pumiqpiq
抱	hold	mbawa
		cf. paRu (擁抱)
朋友	friend	qenananam
		cf. kaput (夥伴)
果實	fruit	esi na paRin
枝	branch	pising
		Rawar (枯枝)
林投,鳳梨	pandanus, pineapple	pangrang
松鼠	squirrel	rapis
松樹	pine-tree	bangun
杵	pestle	saRu
河流	river, brook	iRuR
		cf. qenawang (水溝)
油脂	fat, grease	siti
爸爸	father (address)	ma
狗	dog	wasu

知道	know	supaR
肺	lung	baraq
近的	close	meraki'
長矛	spear	surubung
長的	long	maRung
雨	Rain	uzan
前面	front	ngayaw
厚的	thick	Rutur
咬	bite	qumaRat
咱們	we（inclusive）	aita
屎	excreta	ta'al
屋子	house	repaw
屋頂	roof	seniras
後面	back	ruRul
		tuqab (家後面)
挖	dig	qemal
		qemi'ut
指	point to	kemiwas
星星	star	burateran
洗 (衣服)	wash (clothes)	qibasi
洗 (盆子)	wash (dishes)	basi
		cf. meRinaw (洗碗)

洗 (澡)	wash (bathe)	muzis
		cf. banaw (洗手腳)
活的	alive	binus
看	see	mqitayta
		tayta
砂	sand	buqan
穿山甲	ant-eater, pangolin	iRem
胃	stomach	baqa
苦的	bitter	merat
虹	rainbow	--
重的	heavy	rinaq
風	wind	bari
飛	fly	temangbaseR
飛鼠	flying squirrel	rawar
香菇	mushroom	baniw
借	borrow	meriway
哭	cry, weep	muRing
害怕	fear	maytis
家豬	pig, boar	babuy
射	shoot	pemani
拿	take	ara
根	root	Rabas
烤	roast	merarang

笑	laugh	metawa
草	grass	suway
蚊子	mosquito	Riis
豹(大貓)	leopard	ruqenaw (=老虎)
酒	wine	Raaq
配偶	spouse	tisin
針	needle	razum
閃電	lightening	qarapiR
骨	bone	tiRan
乾的	dry	mayseng
乾淨的	clean	merames
做工	work	kerawqawai
偷	steal	meRuziq
唱	sing	sateza'i
		saza'i
殺死	kill	metung
眼睛	eye	mata
蛇	snake	siqay
蛋	egg	tiRuR
這個	this	zau
陷阱	trap	tingiaw
魚	fish	baut
鳥	bird	alam

鹿	deer	siRmuq
喝	drink	qeman (喝酒)
		zanum (喝水)
		siRup (喝湯)
帽子	hat	qubu
游	swim	menanguy
煮	cook	mRamaz
猴子	monkey	Rutung
番刀	sword	saRiq
短的	short	qezu'et
等候	wait	merana
給	give	bura
菜	side dishes	tamun
買	buy	Rasa
跑	run	meRaRiw
跌倒	fall	mesuRaw
跛腳	lame, crippled	mpiRes
雲	cloud	ranem
飯渣	food particles caught between the teeth	katis
傷口(=疤)	wound	ruzit
嗅	smell	semingur
媽媽	mother(address)	na

新的	new	tasu
暗的	dark	telem
煙	smoke	qiReb
痰	mucus	qa'at
禁忌	taboo	perisin (=迷信)
腳	foot	zapan
葉	leaf	biRi
蜂蜜	honey	wanu
跟隨	follow	kumirikur
路	road	razan
跳	jump	meletiq
跳舞	dance	sarakiaw
		qataban (豐年祭舞)
鉤	hook	burukun
飽的	satiated	bisuq
嘔吐	vomit	muti
摸	grope	mapeqap
漂流	adrift, flow	samaqay
熊	bear	tumay
睡	sleep	maynep
蓆子	mat	ingpan
蒼蠅	fly	rangaw
蜜蜂	bee	penay

語言,話	language	sikawman
說	talk	sikawma
輕的	light	irengat
遠的	far	mera'ul
餌	bait	pa'en
鼻子	nose	urung
嘴	mouth	ngibiR
敵人(=仇人)	enemy	siqnaputuy
熟的	ripe	mamin (菜肴)
		teqas (植物)
熱的	hot	maRmaq
稻(穀)	rice	sabaq
箭	arrow	pani
線	thread	kerizeng
膝蓋	knee	tusul
蔬菜	vegetables	terel
蟲卵	nit	Risis
誰	who	tiana
賣	sell	bariw
醉	drunk	busuq
舖蓆子	lay mat	bayaq (=sumapaR)
樹木	tree	paRin
樹林	forest	--

燒	burn	temaq, mtutun
篩	winnow	ririq
貓	cat	saku
頭	head	uRu
頭目	chief	tumuq
頭蝨	head louse	qutu
頭髮	hair	buqes
龜	turtle	penu （海龜）
		lequnu (山龜)
濕的	wet	meriri'
縫	sew	tebu (用針)
		tema'is (用裁縫機)
膽	gall	pireng
臉	face	zais
薄的	thin	inpis
鴿子	pigeon	barur
黏的	adhere	rururut
擲	throw	muwaring
檳榔	betel-nut	raras
織布	weave	temenun
舊的	old	eran
藏	hide	merimen
		tanubi (躲藏)

蟲	worm, maggot	qeruqut
雞	chicken	tuzuq
額	forehead	rakung
壞的	bad	sukaw
繩子	rope	Ra'is
關上	close	minep
霧	fog	saRibun
籐	rattan	waway（籐）
		bates　（藤）
		akaway（老藤）
露	dew	uRas
聽	hear	mipir
髒的	dirty	mataR
鰻	eel	ringay

噶瑪蘭語參考書目

李壬癸

1991 〈台灣北部平埔族的分類及其語言關係〉,《台灣風物》41.4: 197-214.

1992 〈平埔族的種類及相互關係〉,《台灣風物》42.1:211-238.

1996 《宜蘭縣南島民族與語言》,宜蘭縣政府。

Chang, Yung-Li（張永利）

1997 *Voice, Case and Agreement in Seediq and Kavalan*, Ph.D. dissertation, National Tsing Hua University, Hsinchu, Taiwan.

Chang, Yung-Li（張永利）, Chih-Chen Jane Tang（湯志真）, and Dah-an Ho（何大安）

1998 A Study of Noun-class Markers in Kavalan, *Tsing Hua Journal of Chinese Studies*, New Series XXVIII.3: 275-298.

Lee, Amy Pei-Jung（李佩容）

1997 *The Case-marking and Focus-Systems in Kavalan*, M.A. thesis, Tsing Hua University, Hsinchu, Taiwan.

Li, Paul Jen-kuei（李壬癸）

1978 The Case-marking Systems of the Four Less Known Formosan Languages, Proceedings of the Second International Conference on Austronesian Linguistics,

Fascicle 1, *Pacific Linguistics* c-61: 569-615, Australian National University, Canbera.

1982　Kavalan Phonology: Synchronic and Diachronic, in Rainer　Carle et al (eds.) *Studies in Austronesian Languages and Cultures dedicated to Hans Kahler*, GAVA' 17: 479-95.

1995　Formosan vs. Non-Formosan Features in Some Austronesian Languages in Taiwan, in Li et al (eds.) *Austronesian Studies Relating to Taiwan*, pp651-682.

Lin, Ju-en（林主恩）

1996　*Tense and Aspect in Kavalan*, M. A. thesis, Hsing Hua University, Hsinchu, Taiwan.

Tsuchida Shigeru　（土田滋）

1982　A Comparative Vocabulary of Austronesian Languages of Sinicized Ethnic Groups in Taiwan, 東京大學文部報告 7.7: 20-555.

1991　Miscellanies of Languages of Sinicized Ethnic Groups in Formosa,《東京大學言語學論文集》 12: 146-79.

Wu, Tsuey-ping（吳翠萍）

1995　Question Analysis in Kavalan, term paper, Tsing Hua University.

專有名詞解釋

三劃

小舌音 (Uvular)

　發音時，舌背接觸或接近軟顎後的小舌所發的音。

四劃

互相 (Reciprocal)

　用以指涉表相互關係的詞，如「彼此」。

元音 (Vowel)

　發音時，聲道沒有受阻，氣流可以順暢流出的音，可以單獨構成一個音節。

分布 (Distribution)

　一個語言成分出現的環境。

反身 (Reflexive)

　複指句子其他成份的詞，如「他認為自己最好」中的「自己」。

反映 (Reflex)

　直接由較早的語源發展出來的形式。

五劃

引述動詞 (Quotative verb)

　　用以表達引述的動詞，後面常接著引文，如「他說
　　『…』」。

主事者 (Agent)

　　在一事件中扮演動作者或執行者之語法成分。

主事焦點 (Agent focus)

　　焦點的一種，主語爲主事者或經驗者。

主動 (Active voice)

　　動詞的語態之一，選擇動作者或經驗者爲主語，與之
　　相對的爲被動語態。

主題 (Topic)

　　句子所討論的對象。

代名詞系統 (Pronominal system)

　　用以替代名詞片語的詞。可區分爲人稱代名詞、如
　　「我、你、他」，指示代名詞，如「這、那」或疑問
　　代名詞，如「誰、什麼」等。

包含式代名詞 (Inclusive pronoun)

　　第一人稱複數代名詞的形式之一，其指涉包含聽話
　　者，如國語的「咱們」。

可分離的領屬關係 (Alienable possession)

　　領屬關係的一種，被領屬的項目與領屬者的關係爲暫
　　時性的，非與生具有的，如「我的筆」中的「筆」和

「我」，參不可分離的領屬關係（inalienable possession）。

有指涉的 (Referential)

具有指涉實體之功能的。

目的子句 (Clause of purpose)

表目的的子句，如「爲了...」。

六劃

同化 (Assimilation)

一個音受到其鄰近音的影響而變成與該鄰近音相同或相似的音。

同源詞 (Cognate)

語言間，語音相似、語意相近，歷史上屬同一語源的詞彙。

回聲元音 (Echo vowel)

重複鄰近音節的元音，而把原來的音節結構 CVC 變成 CVCV。

存在句結構 (Existential construction)

表示某物存在的句子。

曲折 (Inflection)

區分同一詞彙不同語法範疇的型態變化。如英語的 have 與 has。

有生的 (Animate)

名詞的屬性之一，用以涵蓋指人及動物的名詞。

自由代名詞 (Free pronoun)

可獨立出現，通常分布與名詞組相似的代名詞，相對附著代名詞。

舌根音 (Velar)

由舌根接觸或接近軟顎所發出的音。

七劃

刪略 (Deletion)

在某個層次原先存在的成分，經由某些程序或變化而不見了。如許多語言的輕音節元音在加詞綴後，會因音節重整而被刪略。

助詞 (Particle)

具有語法功能，卻無法歸到某一特定詞類的詞。如國語的「嗎」、「呢」。

含疑問詞的疑問句 (Wh-question)

問句之一種，以「什麼」、「誰」、「何時」等疑問詞詢問的問句。

完成貌 (Perfective)

「貌」的一種，事件發生的時間被視為一個整體，無法予以切分，參非完成貌 (Imperfective）。

八劃

並列 (Coordination)

指兩個句子成分在句法上的地位是相等的，如「青菜

和水果都很營養」中的「青菜」與「水果」。

使動 (Causative)

某人或某物造成某一事件之發生,可以透過特殊結構、動詞或詞綴來表達。

受事者 (Patient)

句子中受動作影響的語意角色。

受事焦點 (Patient focus)

焦點之一,其主語爲受事者,在南島語中,通常以- n 或-un 標示。

受惠者焦點 (Benefactive focus)

焦點的一種,主語爲受惠者。

呼應 (Agreement)

指存在於一特定結構兩成分間的相容性關係,通常藉由詞形變化來表達。如英語主語爲第三人稱單數時,動詞現在式須加 – s 以與主語的人稱及數呼應。

性別 (Gender)

名詞的類別特性之一,因其指涉的性別區分爲陰性、陽性與中性。

所有格 (Possessive)

標示領屬關係的格位,與屬格(Genitive)比較,所有格僅標示領屬關係而屬格除了標示領屬關係之外,尚可標示名詞的主從關係。

附著代名詞 (Bound pronoun)

無法獨立出現,必須附加於另一成分的代名詞。

非完成貌 (Imperfective)

「貌」的一種,動作或事件被視為延續一段時間,持
續或間續發生。參「完成貌」。

九劃

前綴 (Prefix)

指加在詞前的詞綴,如英語表否定的 un-。

南島語系 (Austronesian languages)

指分布在太平洋和印度洋島嶼中,北起台灣,南至紐
西蘭,西至馬達加斯加,東至南美洲以西復活島的語
言,約有一千二百多種語言。

後綴 (Suffix)

加在一詞幹後的詞綴,如英語的 –ment。

指示代名詞 (Demonstrative pronoun)

標示某一指涉與說話者等人遠近關係的代名詞,如
「這」表靠近,「那」表遠離。

是非問句 (Yes-no question)

問句之一種,回答為「是」或「不是」。

衍生 (Derivation)

構詞的方式之一,指詞經由加綴產生另一個詞,如英
語的 work 加 -er 變 worker。

重音 (Stress)

一個詞中念的最強的音節。

音節 (Syllable)

發音的單位，通常包含一個母音，可加上其他輔音。

十劃

原因子句 (Causal clause)

用以表示原因的子句，如「我不能來，因為明天有事」中的「因為明天有事」。

原始語 (Proto-language)

具有親屬關係的語族之源頭語言。為一假設，而非真實存在之語言。

時式 (Tense)

標示事件發生時間與說話時間之相對關係的語法機制，可分為「過去式」(事件發生時間在說話時間之前)、「現在式」(事件發生時間與說話時間重疊)、「未來式」（事件發生時間在說話時間之後）。

時間子句 (Temporal clause)

用來表示時間的子句，如「當...時」。

格位標記 (Case maker)

標示名詞組語法功能的符號。

送氣 (Aspirated)

某些塞音發音時的一種特色，氣流很強，如國語的 /ㄆ/ (p^h)音即具有送氣的特色。

十一劃

副詞子句 (Adverbial clause)

　　扮演副詞功能的子句,如「我看到他時,會轉告他」中的「我看到他時」。

動詞句 (Verbal sentence)

　　以動詞做謂語的句子。

貌 (Aspect)

　　事件內在的結構的文法表徵,可分爲「完成貌」、「起始貌」、「非完成貌」、「持續貌」與「進行貌」。

動態動詞 (Action verb)

　　表示動作的動詞,與之相對的爲靜態動詞。

參與者 (Participant)

　　指涉及或參與一事件中的個體。

專有名詞 (Proper noun)

　　用以指涉專有的人、地等的名詞。

捲舌音 (Retroflex)

　　舌尖翻抵硬顎前部或齒齦後的部位而發的音。如國語的/ㄓ、ㄔ、ㄕ/。

排除式代名詞 (Exclusive pronoun)

　　第一人稱複數代名詞的形式之一,其指涉不包含聽話者;參「包含式代名詞」。

斜格 (Oblique)

用以涵蓋所有無標的格或非主格的格，相對於主格或賓格。

條件子句 (Conditional clause)

表條件，如「假如...」的子句。

清化 (Devoicing)

指濁音因故而發成清音的過程。如布農語的某些輔音在字尾會清化，比較 hut「喝 (AF)」與 hudan「喝 (LF)」。

清音 (Voiceless)

發音時聲帶不振動的輔音。

被動 (Passive)

語態之一，相對於主動，以受事者或終點為主語。

連動結構 (Serial verb construction)

複雜句的一種，含兩個或兩個以上的動詞，無需連詞而並連在一起。

陳述句 (Declarative construction)

用以表達陳述的句子類型，相對於祈使與疑問句。

十二劃

喉塞音 (Glottal stop)

指聲門封閉然後突然放開而發出的音。

換位 (Metathesis)

兩個語音次序互調之程。比較布農語的 ma-tua「關 (AF)」與 tau-un「關 (PF)」。

焦點系統 (Focus system)

在南島語研究上，指一組附加於動詞上，標示主語語意角色的詞綴。有「主事焦點」、「受事焦點」、「處所焦點」、「工具/受惠者焦點」四組之分。

等同句 (Equational sentence)

句子型態之一，其謂語與主語的指涉相同，如「他是張三」中「他」與「張三」。

詞序 (Word order)

句子或詞組成分中詞之先後次序，有些語言詞序較爲自由，有些則固定不變。

詞根 (Root)

指詞裡具有語意內涵的最小單位。

詞幹 (Stem)

在構詞的過程中，曲折詞素所附加的成分，可以是詞根本身、詞根加詞根所產生的複合詞、或詞根加上衍生詞綴所產生的新字。

詞綴 (Affix)

構詞中，只能附加於另一詞幹而不能單獨存在的成分，依其附著的位置可區分爲前綴（prefixes）、中綴（infixes）與後綴（suffixes）三種。

十三劃

圓唇 (Rounded)

發音時，上下唇收成圓形而發的音。

塞音 (Stop)

　　發音時，氣流完全阻塞後突然打開，讓氣流衝出而發
　　的音，如國語的 /ㄅ/。

塞擦音 (Affricate)

　　由塞音和擦音結合而構成的一種輔音。發音時，氣流
　　先完全阻塞，準備發塞音，解阻時以擦音發出，例如
　　國語的 /ㄘ/ (ts)。

滑音 (Glide)

　　作爲過渡而發的音，發音時舌頭要滑向或滑離某個位
　　置。

十四劃

與事實相反的子句 (Counterfactual clause)

　　條件子句的一種，所陳述的條件與事實不符。如「早
　　知道就不來了」中的「早知道」。

實現式 (Realis)

　　指已發生或正在發生的事件。

構擬 (Reconstruction)

　　指比較具有親屬關係之語言現存的相似特徵，重建或
　　復原其原始語的過程。

輔音 (Consonant)

　　發音時，在口腔或鼻腔中形成阻塞或狹窄的通道，通
　　常氣流被阻擋或流出時可明顯的聽到。

輔音群 (Consonant cluster)

出現在同一個音節起首或結尾的相連輔音，通常其組合會有某些限制；如英語只允許最多 3 個輔音出現於音節首。

屬格 (Genitive case)

領屬者或非主事焦點句子中主事者所標記之格位。

十五劃

樞紐結構 (Pivotal construction)

複雜句結構的一種，其第一個句子的賓語為第二個句子之主語。如「我勸他戒煙」，其中「他」是第一個動詞「勸」的賓語，同時也是第二個動詞「戒煙」的主語。

複雜句 (Complex sentence)

由一個以上的單句所構成的句子。

論元 (Argument)

動詞要求的語法成分，如在「我喜歡語言學」中「我」及「語言學」為動詞「喜歡」的兩個論元。

齒音 (Dental)

發音時舌尖觸及牙齒所發出的音，如賽夏語的 /s/。

十六劃

濁音 (Voiced)

指帶音的輔音，發音時聲帶會振動。

謂語 (Predicate)

語法功能分析中，扣除主語的句子成分。

選擇問句 (Alternative question)

問句之一種，回答為多種選項中之一種。

靜態動詞 (Stative verb)

表示狀態的動詞，通常不能有進行式，如國語的「快樂」。

十七劃

擦音 (Fricative)

發音方式的一種，發音時，器官中兩部分很靠近但不完全阻塞，留下窄縫讓氣流從縫中摩擦而出，例如國語的/ㄙ/ (s)。

十八劃

簡單句 (Simple sentence)

只包含一個動詞的句子。

十九劃

顎化 (Palatalization)

指非硬顎部位的音，在發音時，舌頭因故提高往硬顎部位的過程。如英語 tense 中的 /s/ 加上 ion 後，受高元音 /i/ 影響讀為 /ʃ/。

關係子句 (Relative clause)

對名詞組的名詞中心語加以描述、說明、修飾的子

句，如英語 *The girl who is laughing is beautiful.* 中的 *who is laughing* 即為關係子句。

二十二劃

聽話者 (Addressee)

說話者講話或交談的對象。

顫音 (Trill)

發音時利用某一器官快速拍打或碰觸另一器官所發出的音。

二十四劃

讓步子句 (Concessive clause)

表讓步關係，如由「雖然…」、「儘管…」所引介的子句。

索引

國家圖書館出版品預行編目資料

噶瑪蘭語參考語法／張永利作. —初版. —臺
北市：遠流， 2000〔民89〕
　　面；　　公分. —（臺灣南島語言；12）
參考書目：面
含索引
ISBN 957-32-3898-5（平裝）

1. 噶瑪蘭語

802.999　　　　　　　　　　　　89000084